CESAR

Lou Valérie Vernet

CESAR

Paru sous le titre « Un trop grand silence »,

Chez M+Editons/ Ed.Bordeline

Édition : BoD – Books on Demand, info@bod.fr
Impression : BoD – Books on Demand, In de
Tarpen 42, Norderstedt (Allemagne)
Impression à la demande
ISBN : 978-2-3225-4354-0

Dépôt légal : Juillet 2024

A la mémoire de cette vie
qui coule en chacun de nous.
Aux innocents qui la perdent chaque jour.

A Jean-Paul, mon ami, mon frère.
Que ton silence dans ce monde,
trouve la paix dans l'autre.

A Nala, pour toujours.

« Est-ce qu'on peut consoler un mort ?
Moi je crois que oui.
Par l'écriture, entre autres.
Il n'est peut-être jamais trop tard pour consoler
quelqu'un ».
La lumière du monde. Christian Bobin.

Avertissement

J'aimerais pouvoir écrire que *toute ressemblance avec des personnes ou des événements existants ou ayant existé ne serait que pure coïncidence.*

Que cette histoire est un pur polar, une véritable fiction à la limite de la science-fiction.

Quand j'ai commencé à l'écrire en octobre 2014, c'était vrai. Ce n'était même que cela. Je pensais avoir trouvé un filon inexploité. Tenir enfin entre mes mains une trame singulière. J'exultais. Mon duo de flics reprenait du service. J'allais combler mes lecteurs et enraciner mes Concertistes dans un second opus :

Bastien dit La Virgule et Pierre dit La Carpe, sous-entendu « L'Inclus ». Cette part en soi qu'on nomme l'intuition.

Intuition. Un mot qui allait sonner tragiquement à mes oreilles pendant ces longs mois d'écriture. Je n'avais pas fini d'écrire les premiers chapitres que je dus m'arrêter.

Janvier 2015. La réalité me rattrapait. J'étais tétanisée. Choquée. Abimée. J'ai posé mon manuscrit inachevé, attendant que la tempête se calme. Puis je l'ai repris, timidement.

Juillet 2015. Novembre 2015. Nouveaux arrêts.

Je commençais à douter de la pertinence d'un tel livre. Quand la réalité dépasse la fiction, il faut du recul. Je n'en avais pas.

Ce carambolage entre mon imagination et les événements qui secouèrent Paris aura duré deux ans. Deux ans pendant lesquels, pléthore de personnages se sont invités dans mon histoire sans que je les convoque. Comme s'ils prenaient en otage mon récit et profitaient de mon propos pour se faire entendre.

Aujourd'hui encore, je ne sais qui, d'eux ou de moi, a baladé l'autre.

Alors pour les ressemblances, je ne sais quoi vous dire. Évidemment que c'est une fiction.

Et pourtant ! Tout m'a paru si vrai en l'écrivant. Si douloureux. Si dérisoire.

Fantasme de l'auteur à la plume noire qui se joue de la vie et croit la convertir à sa plus vile imagination. Arrogance de l'écrivain qui ne cesse de flirter entre ambition et humilité.

Pardon d'avance à ceux qui ont vécu dans leur chair ces événements. J'aimerais qu'ils sachent que ma motivation à persévérer aura été, je crois, de leur rendre hommage.

Afin que la plus inconnue des victimes entende que son absence est une tragédie.

Et que nous autres auteurs, et moi en particulier, n'avons d'autres choix, pour en absorber le trop-plein et tenter de retrouver un peu d'humanité, que de l'écrire.

Merci à tous d'entrer dans cette histoire avec bienveillance.

LVV.

« Un livre est quelqu'un.
Ne vous y fiez pas.
Un livre est un engrenage ».
Victor Hugo.

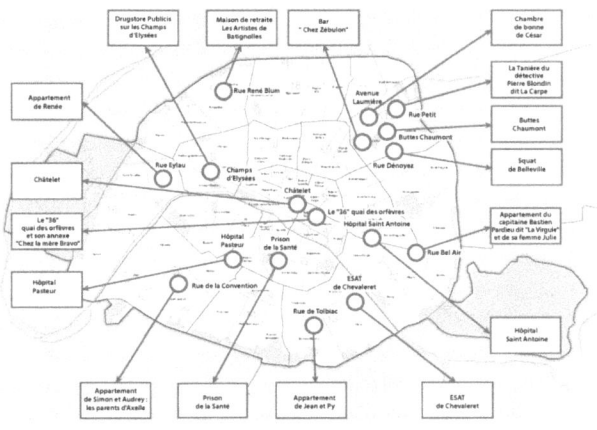

STARTER
Personne qui donne le signal

> « *L'avenir nous tourmente,*
> *Le passé nous retient,*
> *C'est pour cela que le présent*
> *Nous échappe* ».
> Gustave Flaubert

La veille de sa mort, Gédéon eut la certitude de n'avoir rien oublié. Il était prêt, serein, sans amertume. Conscient que la boucle était bouclée, le chemin tracé depuis le début. Il n'avait jamais lutté ; les saisons et les hommes ont un cycle qu'il avait toujours respecté : le sien.

Il avait pressenti cette dernière nuit, trois mois auparavant, quand, au début de l'automne, les feuilles des arbres s'étaient laissées tomber, déconfites. Ses yeux avaient suivi leur lent tournoiement, il avait ressenti un léger vertige et, dans sa tête, les picotements étaient venus. Une fois encore il n'avait pas résisté. S'était laissé tout en entier absorber. Avait entendu.

Le signe était pour lui. Il n'en fut pas surpris. À 95 ans, cela devait arriver.

Savoir que sa vie s'achèverait sans goûter un nouveau printemps ne changea rien à ses journées. Il prit seulement un peu plus le temps. S'écouta respirer. Écrivit des lettres. Brûla son registre. Appela son notaire. Organisa ses funérailles. Prépara des colis.

Le tout lentement, précautionneusement, dans le souci d'un oubli généreux. Propre et sans tracas pour qui lui survivrait. Non qu'à son âge il y eut encore beaucoup de monde, il pensait surtout au gamin. Impétueux, trop vif pour longtemps réfléchir, avec le glaive de la justice planté au fond du cœur.

Certes, à l'époque, Gédéon avait retiré l'épine, le dard, le mal dans son objet. Restait la mémoire. Et ce qu'avait vécu ce gosse ne pouvait s'oublier. En le sauvant, il avait forcé le destin.

C'était, au seuil de sa mort, sa seule et véritable inquiétude.

Il y a parfois des savoirs qui vous dépassent.

TOP CHRONO
24 décembre - Paris

« Toutes les choses sont occupée
à écrire leur histoire. »
Ralph Waldo Emerson

À l'aube…

Deux corps nus, enlacés, en chien de fusil.

L'homme encercle la femme d'un bras protecteur, sa main droite posée sur son ventre. Une lueur blafarde pénètre la chambre, vient éclairer le visage des amants. Une larme, vainement retenue, se faufile d'entre les cils de la femme pour s'arrêter sur sa joue. Sa respiration est régulière, en contraste singulier avec le chaos de son cœur. Ses mains sont jointes devant elles à hauteur de tête. Non, elle ne prie pas, elle se concentre. Pour ne pas déborder ou de moins en moins. Une aube de plus qui l'éloigne de la précédente. Le temps, paraît-il, use tous les chagrins.

Elle soupire le plus calmement possible.

L'homme qui l'enlace par derrière vient de bouger. Imperceptiblement, sa caresse s'est raffermie sur son ventre. A-t-il senti quelque chose ? Un frisson qui, une seconde auparavant, n'existait pas dans son sommeil ?

Encore endormi, il cherche son sein gauche et la rapproche de son torse. D'un seul mouvement, en se collant à elle, il allonge son autre bras jusqu'à sa tête, plonge ses doigts dans ses cheveux.

Plus un millimètre ne les sépare. Ils sont blottis. Étroitement unis.

L'homme dont la bouche frôle le dos de la femme dépose alors un baiser sur son omoplate. Il reste ainsi, les lèvres à fleur de peau. Elle sent son souffle chaud, à peine perceptible, affleurer jusque dans son cou. Ses mains se dénouent, elle va chercher celle de l'homme, se fraie un chemin entre ses doigts, s'agrippe.

C'est la femme qui maintient l'homme contre elle, maintenant. Elle serre, serre, serre. Et resserre encore quand une autre larme s'échappe, plus longue, et vient mourir sur ses lèvres. Ils restent ainsi, accrochés l'un à l'autre. L'homme est tout à fait réveillé maintenant. Il voudrait se dégager, masquer son sexe en érection qui vient buter contre les fesses de la femme. Il a mal. Il tente subrepticement de se décoller. De faire glisser ses reins sur le drap. Il retient son souffle, se mord les lèvres, le cœur sur le point d'imploser. Un frisson la parcourt. Les larmes coulent, à présent, sans aucune retenue.

Dans un instant, il le sait, elle va se détacher de lui, se replier, le chasser.

Il voudrait dire quelque chose. Oser un geste différent. Un mot qu'il aurait oublié de prononcer, avant, toutes ces autres fois. Pourtant, il se tait, impuissant. Le langage grippé dans sa propre douleur. Si près de rompre, lui aussi.

C'est alors que le miracle se produit. Dans cette bascule de pensée. La femme se retourne subitement, plante son regard mouillé dans celui de l'homme, attrape son poignet et le guide vers son sexe.

Brutalement.

Désespérément.

Après cela, plus rien n'existe.

L'homme se laisse aspirer, sa main ouvre le passage. Il lèche sa peau, murmure sur son ventre, respire son désir. Leurs gestes sont fous, désordonnés, assoiffés. Pétris d'urgence.

Ils s'arriment l'un à l'autre, dansent, se cabrent, gémissent, s'enroulent, se cherchent, s'attendent et jouissent.

Ensemble. Dans la même douleur.

Sans qu'un seul mot n'ait été prononcé.

Son voyage l'a poussé jusqu'à la porte d'Orléans. Il s'est posé juste à la sortie du métro. Le néon rouge du bar tabac d'en face est tel qu'il l'a vu cette nuit.

Assis en haut des marches, il a ôté son béret pour le poser à terre. À l'intérieur, quelques pièces jaunes et une carte postale.

On peut lire, écrit en vertical, noir sur blanc :

« Soyez-vous-même, les autres sont déjà pris ». Oscar Wilde.

C'est de loin la citation qui lui rapporte le plus, celle qui intrigue le mieux. Il espère que la jeune femme s'en souviendra. Presque dix heures et déjà vingt minutes qu'il attend.

Il se concentre mentalement « *Expire l'anxiété, inspire la foi. Expire la peur, inspire l'amour. Expire le stress, inspire la paix* ».

L'escalator dégueule poussivement son flot humain. Des hommes et des femmes vaincus d'avance. Ils luttent, César le ressent.

Aujourd'hui encore ils sont en retard. Les contingences matérielles ont un délai d'expiration et ce délai vient d'arriver. Leur précipitation l'agresse. C'est une insulte à la vie.

Ce que ces êtres tentent d'endiguer, ce n'est pas seulement un contretemps sur des horaires musclés, serrés dans la servitude mais un compte à rebours sur la vie en général. Une existence privée de la première chance, celle de naître le bon jour, au bon endroit. Il a beau concentrer son aura en un bouclier d'énergie positive, cette misère-là finit

15

toujours par le transpercer. Il a moins mal qu'au balbutiement de ses expériences. Cependant, ce que suent ces pauvres gens le rend amer. Il sait son pouvoir limité. Il pare aux urgences mais chaque jour est un écartèlement. Il n'a pas encore trouvé comment être partout à la fois. Depuis toujours, ses nuits dictent ses choix sans qu'il les remette en question.

La jeune femme l'a pénétré. Le voyage a été clair. Sans détours. Pourquoi elle et pas une autre ? Il ne sait pas répondre à cette question.

Le bien qu'il peut faire ne lui appartient pas. C'est déjà beau qu'il l'ait reconnu et que le Docteur lui ait appris à s'en servir.

Il aurait pu avoir des migraines toute sa vie sans jamais savoir qu'elles n'étaient que les aiguilles d'un malheur bien plus grand que le sien.

Il s'en est délivré à l'instant même où ses voyages ont commencé. Agir a été le remède. Maintenant, il est heureux.

Chaque jour lui donne une mission. Certes, hors norme, loin de la réalité collective mais quelle satisfaction ! Malgré les échecs et ces multiples oppressions du matin qui lui échapperont toujours, il y croit.

Il n'aura jamais la vie de tout un chacun. En remercie chaque jour les anges. Son devoir n'est même pas un sacrifice. Son seul regret : n'en faire jamais assez. Il s'épuise vite. Trop d'énergies contraires qu'il apprend à mieux contrecarrer. Des instants comme celui-là le laisseront à sec une bonne partie de l'après-midi. Au début, ses temps de récupération l'enrageaient. Il voulait résister à ses fatigues. Il luttait contre elles. Voulait les surpasser. Agir malgré tout. Il avait commis bien des erreurs, fait rater bien des voyages.

Aujourd'hui, il a accepté. La qualité plus que la quantité. Sinon il perdra tout pouvoir, sa hantise.

Il sait, à la seconde même où il croise le regard d'un homme en train de déposer un billet de dix euros dans son chapeau, qu'il va louper la femme ce matin.

Tout devient ténébreux en une fraction de seconde. C'est comme un engloutissement. Une dune de sable noir se déverse sur lui et l'ensevelit.

Il est mitraillé à chaque grain, les reçoit un par un qui viennent le transpercer.

La surprise du choc le terrasse. Il croit qu'il va étouffer. Il essaie de respirer et avant d'avoir réussi à ouvrir la bouche, il reçoit en pleine face une vague immense.

Un tourbillon rouge. Visqueux. Amer. Épais.

Il a du sang plein la bouche.

La collision ne dure que le temps d'un regard. Un grouillement de secondes qui vaut à lui seul des générations entières.

Le temps que l'homme se redresse pour disparaître dans la bouche de métro puis tout s'arrête. César est comme libéré.

Il reste à terre.

Pantois, abasourdi, tétanisé.

Recroquevillé sur son lit, les bras autour de la tête, César s'en veut. Il a été lâche. Il a fui. Le regard du vieil homme lui a vrillé l'âme et la chair. La douleur s'estompe lentement. Il a tellement peur qu'elle revienne qu'il n'arrive pas à désamorcer la contracture de son corps. Pourtant il essaie.

Il doit respirer. Reprendre son souffle. Libérer ses énergies bloquées.

Putain c'que ça fait mal.

Il se tient le crâne comme il l'a souvent fait, au début, quand tout était encore neuf et qu'il ne savait pas encore.

La vague a été si soudaine, si violente. Une telle noirceur, d'un seul coup, en pleine poire. Il n'a pas su se protéger.

Il enrage. Se faire surprendre alors qu'il sait, que ce n'est pas la première fois.

Il en a pourtant croisé des dingues.

Mais là, c'est le *pompon de la pouponnette* comme dirait l'autre.

Est-ce que la jeune femme est passée ?

Est-ce, elle, qui l'a mis sur le chemin de l'homme ?

Il s'irrite de cette auto-flagellation. Une heure qu'il s'asphyxie lui-même de pensées négatives. L'échec le domine. Ses douleurs s'estompent mollement. Trop !

Il doit se ressaisir. Il peut réussir.

Détendre ses muscles. S'allonger correctement. Fermer les yeux. Se concentrer sur sa respiration.

Trouver le centre. S'y connecter. Attendre. Ne pas réfléchir. Laisser glisser le reste. Tout le reste. Tout ce qui n'est plus lui depuis l'ensevelissement.

Alors il dormira. Qui sait, peut-être même, il rêvera. La réponse viendra. La réponse vient toujours. César tire à lui son journal caché sous son oreiller. Ne l'ouvre pas. Le sentir contre lui suffit à en visualiser l'écriture. Il connaît par cœur la page de la méthode.

Il professe dans son esprit les dix principes. « *Détendre ses muscles. S'allonger correctement. Fermer les yeux...* »

Le calme revient déjà.

13h00

Ils ont une heure devant eux. Une heure pour lever les yeux au ciel et trouver un horizon à leurs espoirs. Pour étirer leur corps, allonger leur pas, repousser la torpeur, se défendre de la gangrène qu'injecte trop de promiscuité.

Une heure pour respirer d'autres odeurs que l'air vicié du dedans. Ce silo à bestiaux saturé de peurs, de mauvaises haleines et de violences.

Suintant l'inhumanité.

Tout, absolument tout ce qui est contenu entre ces murs pollue l'atmosphère. Ce n'est pas une fine pellicule qu'un coup de Javel peut décrasser, absoudre, purifier. Encore moins un ravalement bon marché au vert pisseux.

Non, c'est comme une espèce d'huile visqueuse qui recouvre les hommes d'un coup. À peine le seuil de la première porte franchi. Qui suinte dans chaque millimètre carré. Se jette sur eux comme une sangsue. Leur recouvrant l'épiderme. Créant une seconde peau. Épaisse, grasse et gluante.

Plus le temps passe, plus elle s'incruste, ne les quitte plus. Où qu'ils aillent, quoi qu'ils fassent ou imaginent.

Il n'y a aucune beauté en ces lieux. Rien de positif à attendre. Tout est dans le souvenir ou l'idée que ça ait existé.

Ailleurs. Avant. Dans une autre vie.

C'est dans la cour, pourtant ceinte de toute part, que certains hommes parviennent, fugacement, à en espérer le chemin. En se cassant le cou vers le ciel.

Georges Brimbant est l'un d'eux.

Il goûte le pâle soleil de ce 24 décembre avec avidité, l'absorbe de plein fouet, les yeux grands ouverts, à s'en brûler la rétine. Isolé des autres, recroquevillé dans sa solitude.

Exclu volontairement de ceux qui fomentent leur vengeance en grillant clope sur clope. Soudés par la haine, la rage et l'injustice.

Hors de portée de ces accros au sport qui dépensent dans leur course une énergie vouée à l'échec. Poinçonné à jamais du sceau du revers de la médaille. Lui est libre de n'être plus qu'un lézard au soleil, au moins une heure, dans cette énième journée.

Il se pense différent. Sa présence n'est due qu'à une erreur de parcours. Une foutue minute dans un foutu jour.

Un mauvais choix.

Et même le seul.

Le prix à payer est exorbitant : il ressortira coupable à vie. La mémoire n'ayant aucune frontière. Il attend pourtant. Jour après jour. Une lettre, une visite, un miracle.

Un instant d'absolution totale.

Il pense encore posséder en lui, ce « petit rien » qui le différencie des autres. Même s'il a éprouvé la difficulté de lutter contre un tel environnement, il pense pouvoir gagner. Le mal englobe un large spectre. Du noir au gris, il se croit plus près du blanc. De la lumière. Du bout du tunnel. Jusqu'au moment de l'impact, il ne se sait pas condamné.

Il voit pourtant ce drôle d'engin voler au-dessus de sa tête. Cette espèce d'oiseau, gris cendré, venu griffer son ciel.

Aussitôt, il ressent en lui et tout autour de lui, que quelque chose se fige.

Dans la cour, tous les hommes, chacun à leur façon, s'immobilisent. Cessent leur routine. Plus la libellule métallique approche, plus le ronronnement initial s'amplifie. Le bruit d'un moteur poussé à plein régime. En plein élan.

Puis, les mouvements circulaires de la machine vont *decrescendo*.

L'oiseau se stabilise.

L'équivalent de quelques nanosecondes. Les dernières. Avant que tout explose. À deux doigts de leurs têtes. Crevant leurs tympans. Enflammant leurs corps. Sidérant leurs esprits. Leurs espoirs.

Leur dernier souffle.

Il est 13 heures 01, ce 24 décembre, à la Prison de la Santé.

Et ce n'est que le début

Il a sombré, tel un animal mort. Sans rêves, sans conscience, presque sans souvenir. La gomme du sommeil a agi. Comme un long coma. En perte de mémoire. En gain de vie.

L'ardoise à jour.

La « Méthode » en dix points est infaillible. Pas aussi efficace que d'habitude mais César se sent reposé. Droit dans ses baskets. Moins assujetti à l'émotion.

Il n'a pas rêvé. Ne lui reste que l'essentiel. Outrageux certes, mais comme désolidarisé de pulsions. Il doit en profiter.

D'abord, noter ce qu'il sait et non pas ce qu'il croit ou ressent. Ce qu'il a vu et non imaginé. En si peu de temps, il s'en passe des choses. Il y a l'impact, le ressenti de l'impact et les élucubrations qui s'ensuivent. Le plus sûr est de mettre des mots et de ne pas faire de phrases. S'en tenir au factuel. Toujours.

Il prend son journal. Écrit comment lui est venue la rencontre. Les mots qui ont surgi, ceux dont il est sûr qu'ils lui viennent de l'homme et non de son interprétation.

« La mort dans ses yeux - Le désert noir - La mer rouge - Le billet de dix euros. »

Puis il dresse « l'Alpha » de l'homme.

Celui que chacun porte en soi et que peu de gens savent déchiffrer. Qui tient dans un regard, un geste, une énergie, une attitude.

L'ADN psychique, émotionnel.

La carte mère.

« A, B, C, D... X, Y, Z ». Vingt-six lettres, les unes au-dessous des autres. Encore vierges. Ne pas se précipiter, bien reproduire la liste.

Le risque est grand à ce stade. César peut se tromper. N'en a pas le droit. Son don lui impose un devoir de précision. Qu'un mot vienne à prendre la place d'un autre et l'erreur sera manifeste. Parfois désastreuse. Il s'est déjà laissé berner.

L'urgence est là. Il ne sait pas à quoi elle tient. Elle a été immédiate. C'est elle qui l'a englué à ce point dès qu'il s'est enfui et elle persiste malgré son repos. Il la sent qui pousse et revient en force. Rien n'est jamais fortuit. Alors César se soumet. Les vingt-six lettres « Alpha » ne sont qu'une étape. C'est un exercice qu'il aime pratiquer. Dans lequel il a confiance. Une logique qui lui est propre. Instinctive.

Ce que pour César aucune intelligence humaine ou matérielle ne surpassera jamais.

14 heures

Hier avait été une journée sordide, sans soleil. Parfois le ciel est con. Bêtement moche. Aussi terne qu'une vieille toile cirée. Blanc et sale avec un gros néon fiché dedans. Il y a de grandes traînées cendrées comme des taches improprement dégoulinées et c'est encore plus vrai l'hiver. Quand le sommeil a mal fait son boulot et qu'on ouvre les yeux, direct sur sa grise mine. S'ensuit un cafard monstre et avec le froid qui s'en mêle, c'est juste insupportable. Hier, Hub a mal supporté. Moitié parce que c'est Noël, moitié parce qu'il est à sec.

D'argent, d'alcool et de Ritaline. Sans cette paroi psychique, l'oubli ne peut l'emporter sur les mauvais souvenirs.

À minuit, il était transi de froid, brûlant de manque et dangereusement seul. Quand une maraude de « l'Association des Bons Amis » l'avait cueilli à Pont Marie, il avait craqué et s'était laissé embarquer. Pas souvent que cela lui arrive.

La liberté a un prix et dormir à la belle étoile peut être sa récompense. On est SDF ou on ne l'est pas. Même si au départ, ce n'est pas un choix, il finit par le devenir. Chacun trouve son avantage où il peut. Surtout l'été, surtout là-bas. À l'autre bout du bout de l'Ile de la Cité. Quand tout s'éteint sauf les étoiles.

Hub ne rêve jamais mieux qu'avec une nébuleuse en toile de fond et un tatami d'herbe en guise de matelas.

Mais pas l'hiver.

L'hiver est ce qu'il endure de pire. Il a survécu à deux. Pas certain qu'il résiste à un troisième. Faire le con, à force, abime. Dormir sur les bouches de métro aussi. Le bain de vapeur est efficace mais encrasse profond.

Quel idiot il a fait de quitter Marseille et de croire qu'à Paname...

Alors oui, il a craqué et s'est laissé embarquer. A eu chaud. N'a pas rêvé.

Il a pu prendre un petit déjeuner et de fait, a dû subir la douche. Ce n'est pas qu'il déteste se laver mais la douche, c'est ce qui te rappelle le plus ce que tu as été et que tu n'es plus : Un homme propre. Digne. Et peut-être même respectable.

Il en aurait pleuré. Il a préféré cracher.

Il lui reste encore ce pouvoir-là. Emmerder le monde. Le botter en touche.

Les glaires sont les larmes du pauvre et le trottoir son mouchoir universel.

À chacun son destin de regarder là où il met les pieds.

Après, il s'est tiré vite fait. A zoné vers Bastille. Gagné de quoi se payer un pack de six bières. Fraudé le métro. Grappillé encore quelques menues monnaies.

Puis est descendu à Châtelet. Ce grand foutoir caverneux. Ce marché de dupes. Ce composite du peuple.

Direction l'église Saint-Eustache.

Le ventre des paumés.

L'heure de la soupe.

14h30

L'exercice l'a épuisé. Son « Alpha » est quasiment vide. Et lui aussi.

Il a été incapable d'écrire plus de cinq mots :

« ... *Condamné – Divin – Élève – Sang - Patience* ... »

Au sixième, sa migraine a repris. Plus virulente que jamais. César a tout lâché. À bout de force. Presque fiévreux.

Il n'a pas lutté. N'a pas tenté de comprendre.

Il a subi. Une chape de plomb. Un abîme. Un néant. Un grand trou noir.

S'est laissé aspirer. Avaler.

Broyer.

Puis il a vécu comme une sorte d'absence. Un effacement. Et le décor a changé.

Tout est devenu blanc et silencieux. Inodore. Incolore. Muet et sourd. Il a plongé dans un lieu qu'il ne connaissait pas. Bien au-delà de la confusion. Une sorte de béatitude. Plane et souple.

Ses yeux grands ouverts ont fixé le plafond. Il avait encore les membres raidis. Le corps et l'esprit pris dans une étreinte. Mais sans force ni pression.

Il lui restait un chouia de conscience pour s'en apercevoir. Même s'il ne se sentait pas respirer, il était sûr d'être vivant.

Son instinct lui a interdit de continuer. Il a dû toucher un point sensible. Un disjoncteur. Ou alors quelqu'un a appuyé sur « Pause ».

Le temps s'est étiré dans une infinie douceur. La migraine est passée. Les douleurs aussi.

Il est resté dans cette nonchalance sans mesurer le temps. Jusqu'à ce qu'il se sente comme vierge ou neuf. Jusqu'à ce qu'il cligne des yeux. Et voie enfin, en vrai.

L'ampoule au plafond qui pend, blanche et nue, presque irritante. Les minuscules étoiles en plastique transparent collées tout autour. Agencées comme une voie lactée, elles tracent un chemin ininterrompu jusqu'à la fenêtre.

Une lumière dorée vient buter contre les carreaux sales. Il est chez lui. Dans sa petite chambre de bonne. Au sixième étage, vue sur le ciel. Alors son corps engourdi accepte le mouvement.

Bruce est heureux. Il sort de la douche en sifflotant. À moitié nu, une serviette bleue, tachée, enroulée sur les hanches, il sourit à son reflet dans le bout de miroir suspendu à une pointe. Il ne voit pas la rouille incrustée, ni la moisissure des joints sur les carreaux de la salle de bain. Lili et lui ont passé la moitié de la journée à se rouler dans les draps.

Des réveils comme Bruce les aime. Toniques, brûlants, sans chichis. Cette fille est une vraie bombe. Sûr, il est accro. S'il sait s'y prendre et, a priori, elle en redemande, bientôt ses soucis seront résolus. Il va descendre lui acheter des fleurs et tout ce qu'il faut pour un bon déjeuner. Peut-être même qu'à son réveil, ils remettront cela.

Six mois que l'histoire a commencé et le désir ne s'éteint pas. Elle lui fait des trucs qu'il n'aurait jamais imaginés. Est-ce toujours ainsi l'amour ? Il n'en sait rien. De là où il vient et à 22 ans, il a rarement eu l'occasion de vraiment s'éclater.

Depuis qu'il est arrivé à Paris, tout s'est enchaîné comme par miracle. D'abord ce boulot de vigile pas trop compliqué, sa carrure pèse sur la balance. Ensuite cette fille. Une pépite. Bien sûr, ce squat n'est pas ce qu'il peut rêver de mieux. Au moins, y sont-ils à l'abri. Ils ont leur espace, une pièce de 10 mètres carrés dont il a verrouillé l'accès par une barre d'acier et un cadenas. Y rentrer ou en sortir se résume souvent à enjamber des corps avachis, repliés dans leur solitude.

Et alors ?! Il y a pire. Tellement plus grave.

Les familles, elles, ont pris d'assaut les chambres, la salle à manger et même la cuisine. Ils ne sont pas loin de vingt personnes à s'entasser ici. C'est petit et pourtant... s'il fallait trouver de la place, ils en trouveraient encore.

Bruce a longtemps partagé sa chambre avec d'autres Maliens. C'était au tout début. Là-bas, dans le Nord, le gris, le froid. Quand il était arrivé au terme d'un long voyage et que sa survivance se contentait d'un matelas de mousse pisseux coincé entre dix autres.

Il s'en est passé des évènements depuis. Il a su se relever, défendre son territoire, n'a pas totalement perdu sa dignité. La roue finit toujours par tourner. Encore quelques matins comme celui-là et des nuits au black à grossir son portefeuille et il pourra espérer plus que ce que la vie ne lui a jamais donné. Un pays, une identité, un passeport. Qui sait, enfin, une famille.

16 heures

Mozart. « La symphonie des petits riens ». Un rempart pour Ernestine. La seule façon de lutter. De résister. Au temps, aux coups du sort, aux aberrations humaines. Son émerveillement est intact, soixante et onze ans après l'avoir écoutée pour la première fois. Quelle chance de l'entendre à cet instant. Un signe ?

Un miracle ?

Un cadeau ?

Une sacrée synchronicité en tout cas.

Dieu a-t-il entendu ses projets ? Enfin !

Le haut-parleur de la salle commune diffuse ses notes à faible volume. C'est dommage, cela manque d'intensité. Mozart n'est pas un murmure, ne doit pas être un chuchotement. Quel gâchis !

Mais avec tout ce brouhaha aussi. Cette vieille niche de bras cassés, de fils usés, de déficients en sursis. Tous otages de la vie. À moitié tremblotants, asthmatiques, grincheux, séniles. Qui raclent le parquet, entrechoquent les verres, font grincer leurs dentiers. Qui suent la poussière, bourdonnent les aigus et vomissent l'espérance de vie. Ironie de la science qui retient la vie dans son plus mauvais quart d'heure.

Ernestine se concentre. Sa mémoire vole au-dessus de la mêlée. Accroche chaque note à son esprit pour retrouver l'harmonie initiale.

Querelle de décibels, Mozart s'enfuit...

Alors qu'il suffisait de presque rien.

D'un peu d'audace.

D'un dernier élan.

16 heures 50

Encore groggy, César s'est levé et a filé sous la douche. Maintenant, il se fait couler un café. Il traîne et ressasse. Fourbu quoiqu'impatient.

Une part de lui est sonnée, l'autre veut réagir. Des migraines comme ce matin, il sait les gérer. Rien que des mecs malsains qui lui filent la gerbe. Il n'a jamais eu de mal à rétablir la vapeur. À les laisser filer.

Cependant, le background de cet après-midi est inédit, lui fait un drôle d'effet. Il s'est passé un truc important. Un tel voyage, il n'en avait encore jamais fait, qui plus est, en plein jour.

Il a un sale pressentiment et n'arrive pas à le nommer. Il doit sortir, tout de suite. Il se sent pollué. Les terminaisons nerveuses en ébullition, il étoufferait presque. Trente minutes de course dans le parc des Buttes Chaumont, voilà ce qu'il lui faut. Il est loin d'être en forme mais il a vraiment besoin d'air. De se décrasser. Il va vite. Enfile un jogging et un sweat, chausse ses « running », prend son iPod, pousse le volume à fond et claque la porte. Il descend les étages à la volée et aussitôt dans la rue, sprinte. De chez lui à l'entrée du parc, une belle ligne droite dans l'avenue de Laumière. Quelque trois cent mètres de côte et pas un chat. Juste la nuit pour l'accueillir et le froid mordant. César ne se pose plus de questions. Il fonce. Stromae résonne à fond dans son casque. *« Formidable. Tu étais formidable. J'étais forminable. Nous étions formidables... »*

Un peu avant la Mairie du XIXème, il ralentit. Traverser la place Armand Carrel équivaut à sautiller et slalomer entre les voitures. Se farcir la foule et le bruit. Il l'aborde toujours par la droite, avec précaution, en utilisant les passages piétons.

17 heures

Ironie de la vie ? Du sort ?

Ou farce du destin ?

Tu t'acharnes à vouloir un truc, ça te glisse entre les doigts.

Et quand tu abandonnes, il t'explose à la tête. Hier, Axelle voulait mourir. Aujourd'hui elle veut vivre. Entre les deux, la main de l'homme. Qu'on ne vienne pas lui parler de Dieu. Elle n'y croit pas.

La fatigue a disparu. La colère l'a remplacée.

L'envie de suicide a muté. Désir meurtrier.

Cela n'a rien de logique. Axelle le sait. C'est sanguin. C'est une pulsion comme elle en a eu des centaines. Toujours refoulée, impitoyablement étouffée.

Aujourd'hui le sacrifice est terminé. Ils n'auraient pas dû la louper.

Plus elle se sent impuissante, à demi-morte sur ce brancard, plus sa haine s'enlaidit. Enrage. Gonfle, gonfle, gonfle.

Ce n'est pas ainsi que les choses devaient se passer. On lui vole son libre arbitre. Ses choix. Son temps. Son heure. Sa mort.

Foutus cons d'emmerdeurs, de branques, de tarés. Siphonnés du bulbe.

Si elle pouvait, elle se lèverait. Elle irait trouver ces deux empaffés de première. Vu ce qui lui pousse dans les veines, là, elle n'aurait pas peur.

Elle en prendrait un pour taper sur l'autre, comme on dit. Et peut-être même qu'elle irait chercher le troisième. Elle en ferait un sandwich. Le troisième au milieu des deux autres. Bien ligotés. Garrottés. Enchaînés.

Elle se grillerait une clope en les regardant se débattre. Puis elle les aspergerait d'essence en prenant soin de tracer un sillon jusque sous la porte.

Clic clac le verrou. Zip le briquet. Au suivant !

Il suffit juste que ses bras lui répondent. Et ses jambes ? Elle ne les sent plus.

D'ailleurs elle ne sent rien, ne voit rien, n'entend rien. Elle est juste consciente d'être vivante. D'être encore de ce foutu monde.

Ce n'est pas la douleur qui le lui dit. Elle n'en a aucune. En tout cas physiquement.

Non, c'est dans sa tête que la synchro se passe. Dans ses pensées, ses souvenirs.

Dans sa colère.

Ça, ça marche encore.

Il n'y a bien que les vivants pour réfléchir. Se faire balader par des émotions. Concevoir des phrases, des plans, des constructions intellectuelles.

Axelle sait qu'elle vit. Encore.

Elle a beau ne plus rien capter de l'extérieur, à l'intérieur c'est clair.

La dernière fois qu'elle est certaine d'avoir ouvert les yeux, c'est à l'hôpital.

Elle se rappelle d'ailleurs que c'est là que sa colère a germé ou plutôt jailli. Parce que le germe était là. Depuis longtemps.

En ouvrant les yeux sur son père.

Si elle se souvient bien, l'instant d'avant, elle était dans la cuisine de ses parents, la boîte de Lexomil vide et le gaz allumé.

Ils ne devaient rentrer que pour le réveillon.

Mauvais timing !

Elle a dû subir une fois encore les pleurs de sa mère, le mutisme accablé de son père et, en prime, la mauvaise humeur d'un médecin de garde

« Voilà, trois TS en deux heures et ce n'est que la veille de Noël. À qui le tour ?... Ils commencent vraiment à me faire chier ces ratés... »

Elle aurait bien voulu hurler qu'elle n'avait rien demandé mais à ce moment-là, elle avait un tube dans la gorge et la révulsion en spasmes belliqueux. *Pourquoi, bordel de merde, ne l'avait-on pas laissée mourir ?*

Fin d'après-midi

César a stoppé net sa course.

La place est déserte. Sans âme qui vive. Sans crachin polluant.

Il a presque l'air d'un con, planté tout seul, au milieu du carrefour. Hormis les lumières aux fenêtres des immeubles, et le sapin de Noël, gigantesque, clignotant en face de la Mairie, la nuit est sa seule compagne.

Elle lui fait l'effet d'un mauvais trip, genre « fin du monde ».

Il regarde sa montre. Il a couru 3150 pas et a perdu 24 calories.

Un record ! Fantastique !

Il rebascule sur l'heure : 17 h 52. Il tique sérieux. D'habitude, ici, le trafic est dense.

À moins que cet après-midi, sa montre et lui n'aient vécu un bug disloquant le temps, il s'est passé un couac.

Il se dirige vers la grille du parc, constate qu'elle est fermée. Machinalement, il en scrute l'intérieur. Vison ténébreuse. Aucune des sentinelles disposées dans ses allées n'est allumée.

Il distingue à peine le kiosque perché sur ses hauteurs opaques. Des frissons le parcourent. Il recule. Se retourne.

Constate, une fois encore, le vide nocturne. Les commerces fermés. La place déserte.

Un silence de mort.

Tous les feux sont rouges. Statufiés. Comme en état d'alerte.

César frissonne. De froid ou de peur ? En cet instant, c'est un peu la même chose. Parce qu'il sent Paris peser d'un coup sur ses épaules.

Les hommes ont peur et la ville est glacée d'effroi. Il vient de le lire. Comme un flash ininterrompu, un faisceau jaune grimace en alternance, sur le panneau d'information planté sous ses yeux. Le message est clair.

César n'en retient qu'un mot :

« Attentats ».

18 heures

Py est beau gosse mais n'a rien de l'enfant prodige. On dit « un peu con » dans ces cas-là, ou benêt ou candide. « Attardé » est le terme. Son frère, Jean, de dix ans son aîné, ne le formule jamais ainsi. L'amour a souvent des interdits de langage. Pour lui, Pierre-Yves est resté un enfant qui a refusé de grandir. Même à 19 ans.

Et il a bien raison, pense Jean, certains jours.

Grandir fait mal. Foutrement mal. Et réfléchir peut vous rendre fou. Que les gènes de Py lui aient épargné cela ou qu'il ait préféré s'en exclure, lui-même, dès l'âge de trois ans, importe peu à Jean.

Seul compte le résultat : Py est heureux. Quoi qu'il fasse, où qu'il se trouve. Toujours prompt à suivre le mouvement, il se montre poli, calme, obéissant, placide. Sans attente ni colère. Chanceux de son seul patrimoine génétique « Amour – Acceptation - Endurance ». Les trois neurones du bonheur, en a-t-il déduit un jour. Dans un concentré à la Forest Gump. *Easy life !*

D'où son surnom Py que Jean a toujours prononcé Pi. En référence au prodigieux 3.14. Nombre aussi transcendant que les algorithmes festifs de son frère.

Dans l'ESAT de Chevaleret où Py travaille, il est la mascotte, le chouchou. Jean l'envie parfois. Une vie simple, sans fardeau, sans conscience. Juste être. Faire un peu. Et le temps passe. Immuable. Et si quelques grains de sable viennent à gripper l'horloge, Py sait trouver, dans l'art du repli, un remède qui tient du génie.

Prostration, silence, fixette. Un cocktail d'une efficacité redoutable. Immédiate. Dans ces instants, plus rien ne semble l'atteindre. Le monde peut s'écrouler, il est muré. Il n'a ni l'air triste ou malheureux ou affolé. Il est tout simplement absent. Le regard vide, dénué d'expression.

Il attend. Comme il a toujours attendu.

En se tenant tranquille.

18 heures 20

Le patron du bar, Zébulon, avait été comédien dans sa première vie. Il s'était longtemps imaginé en tête d'affiche. Une matraque dans une main, la

Bible dans l'autre et un gros nez rouge au milieu de la figure.

Caricature provocatrice à la hauteur de son enfance passée entre un père gendarme et une mère bigote, tous deux cocos à fond. Il avait grandi saturé d'injonctions castratrices. Captif de leur morale intransigeante.

De fait, il haïssait les flics, les curés et les politicards. Qu'il avait siglés en « F.C.P. » pour « Foutus Cons Pervers ». Son *one-man show*, s'il avait pu le mettre en scène, aurait cassé la baraque. Il y croyait comme on y croit à 18 ans, avec cet espoir nonchalant que tout est possible pour qui a du talent.

Son ambition avait vite trouvé ses limites. Cinq ans à crever la dalle, courir les castings et se prendre des portes dans la gueule, fâchent l'endurance.

Il avait enchaîné mille et un petits boulots, plutôt mille qu'un d'ailleurs. Et s'était retrouvé « Serveur-Serpillière » dans ce troquet de la rue Manin jusqu'à la mort du patron. Lequel patron, veuf et sans enfant, lui avait légué l'affaire en mourant, la tête en avant dans sa millionième chope de bière.

Zébulon avait remisé ses rêves de grandeur derrière le comptoir. L'opportunité avait de la gueule. Il était à l'affiche tous les soirs. Le tiroir-caisse débordait comme la mousse au ras bord des chopes.

L'enseigne portait maintenant son nom.

Lui-même ne se souvenait plus qu'il s'appelait autrefois Jean-Bernard Pasquier.

Il avait su garder l'esprit du lieu intact. Le tutoiement et la première tournée offerte pour tout nouvel arrivant. Un refuge pour les bras cassés. Une ardoise à demi effacée pour qui venait avec une jolie fille. Et, une aubaine dans tout Paris : une porte ouverte dix-huit heures par jour, sept jours sur sept, sans jamais prendre de vacances.

« Les vacances c'est quand tu te fais chier dans ton boulot » aimait à répéter Léon, son ancien patron. Ce que Zébulon, en quinze ans de zinc, n'avait pu contredire.

Son café était le poumon d'un quartier qui ne cessait de se renouveler tout en demeurant identique. Un repaire qui ne désemplissait pas.

Il avait même dû engager deux personnes. Enfin « engager », soustraire à la rue plutôt. Ni lui, ni elles n'avaient eu envie d'officialiser leur accord tacite.

Lili, un beau brin de fille. Avec un charme fou et un sourire à vous craqueler le cœur en petits morceaux. Elle l'aidait au service du midi et lui permettait une sieste entre 15 et 17 heures.

Bruce, un géant black d'au moins deux mètres pour les soirs où le trop plein d'alcool empoignait les névroses existentielles de solitaires faussement endurcis.

Il avait aussi apporté quelques modifications. Nouvelle génération oblige, en créant un cyberespace, avec deux ordinateurs. Wifi gratuit. Le *must* : un écran plat full-HD qui balançait toutes les chaînes du câble.

De quoi en péter un ce soir. On était le 24 Décembre et ça pétaradait dans tout Paris depuis une heure de l'après-midi. Les « F.C.P. » étaient au taquet. Et, pour la première fois en quarante ans, Zébulon n'en rigolait pas.

Entre chien et loup

César est scotché au poste de télévision depuis trois quarts d'heure environ.

Plus l'information pénètre son esprit, moins il semble la comprendre. C'en est presque irréel, tellement c'est énorme.

Tellement c'est proche. Tellement c'est là, sous ses yeux, en boucle, en images et nombres.

Il a quitté les Buttes Chaumont en courant. Le mot « Attentats » accélérant sa course. Il a dévalé la rue Manin et atterri chez Zébulon.

Son QG depuis sa nouvelle vie. Sa majorité.

Il aurait dû y passer le réveillon. Partager agapes et bonne humeur. Cadeaux et cotillons. Mais la fête a viré au cauchemar. Zébulon a beau zapper sur toutes les chaînes, les infos n'en démordent pas : Paris s'effondre.

Tout a commencé vers 13 heures. À la Santé. Dans la cour de promenade.

Puis à 14 heures, sur le parvis de l'église Saint-Eustache.

À 15 heures, dans un squat de Belleville.

À 16 heures, dans une maison de retraite.

À 17 heures, dans l'aile psychiatrique, de l'hôpital Pasteur.

Et à 18 heures, dans un ESAT à Chevaleret.

À 19 heures, le monde entier retenait son souffle.

En six endroits et à une heure d'intervalle, la capitale ployait sous le joug d'un ou plusieurs dingues ? Terroristes ? Serial killers ? Groupes armés ? Fanatiques ?

Chacun se posait les mêmes questions : Qui serait la prochaine cible ? Où ? Comment ? Et surtout pourquoi ? Personne ne doutait plus que le carnage continue. Paris était en panique.

Les secours faisaient hurler les sirènes dans toutes les rues de la ville. Le bilan s'aggravait d'heure en heure. Déjà 89 morts et autant de blessés sans compter les disparus.

César est tétanisé.

L'urgence est partout à la fois.

Autant au-dehors qu'au-dedans des six établissements.

Les forces de l'ordre conçoivent des cordons de sécurité, aussitôt débordés par une foule grossissante. Des familles entières affluent en masse, créant des embouteillages. Les équipes de télévision brandissent leurs caméras et filment des scènes cauchemardesques.

Trente des soixante et une compagnies de CRS ont été réquisitionnées à Paris. Ainsi que la totalité des gendarmes mobiles en France. Puis l'armée.

L'alerte est maximale. Sur tout le territoire.

Sur Internet, des vidéos prises par des téléphones portables tournent en boucle. Les réseaux sociaux débordent d'images chocs. Partout se presse une foule qui veut voir et savoir. Les SMS s'envoient par millions et échouent dans les embouteillages des opérateurs. Le monde virtuel s'écroule peu à peu. Overdose massive.

Trop c'est trop : « Bip de messagerie » ; « Envoi impossible » ; « Boîte vocale pleine. » ; « Connexion momentanément indisponible »... La télévision relaie l'information minute après minute. Augmentant la paranoïa, l'agitation, les débordements. Le Président de la République s'est exprimé sur les écrans, dès 16 heures, décrétant l'état d'urgence. Aussitôt, le Préfet de Police de Paris a donné l'ordre de fermer les commerces, de rentrer chez soi et d'éviter tout déplacement dans ou hors de la capitale.

Paris est paralysée. Anéantie. Violée. Lapidée. C'est sans précédent.

***

Dès 16 h30, Zébulon a baissé son rideau de fer. À la moitié seulement.

Le bar affiche complet pourtant il ne veut laisser personne dehors.

César l'entend, lui et les autres, qui parlent et polémiquent. S'indignent ou se révoltent. S'autorisent à faire une hiérarchie de ce que certains choix soient pertinents ou pas. Après tout, les dingues et les taulards, ce n'est pas plus mal, non ? Bon débarras !

Tous se soustraient à l'horreur en multipliant les tournées.

César, lui, ne touche pas à son verre. Il est assoiffé pourtant, le corps tendu, la migraine allant *crescendo*.

Il sait que Zébulon s'inquiète pour Bruce et Lili. Il se dit qu'il devrait bouger. Rester là ne sert à rien. Il est 19h30 et aucune nouvelle tragédie n'a été annoncée. C'est fini pour aujourd'hui.

Pourtant il a peur. Non, ce n'est pas fini. Un « Alpha » démoniaque est dehors. Nul doute pour César que ce soit le vieil homme de ce matin.

Rentrer chez lui est inenvisageable. Il n'a ni télévision, ni radio, ni ordinateur et même pas de portable. Il a l'habitude de dire que ses connexions sont ailleurs. À cet instant pourtant, elles ne lui servent à rien.

Il est complètement déconnecté. Il sent qu'il retombe peu à peu dans un grand trou noir.

La vague de ce matin revient lui fracasser le crâne. Son corps est aspiré par un gigantesque marécage. Rouge sang.

Il perd pied. Il tombe. Épuisé, le teint cireux.

Du tabouret de bar au sol, il s'effondre d'un bloc. Il ne voit rien de la frayeur qu'il crée autour de lui. De Zébulon qui le porte jusqu'à sa chambre pour le coucher dans son propre lit.

De Bruce qui arrive en boitant, plus noir qu'il ne l'a jamais été.

Des autres qui rigolent jusqu'à en pleurer. Parce qu'il vaut mieux se tordre de rire à en pisser la bière par les yeux, que chialer simplement de soulagement.

César implose.

Il restera la nuit à suer et grelotter, en proie à une forte fièvre. À plusieurs reprises, il poussera des cris, en faisant de grands gestes avec le bras droit. Toujours les mêmes : en haut, en bas, en haut, en bas, croisant les diagonales et tapant du poing.

Zébulon soignera le délire du gamin à grand renfort de Génépi lui répétant à chaque fois « Tiens, bois mon gars, ça va passer » ou « c'est fini maintenant, repose-toi ».

Bruce ira même le rejoindre. Étonné qu'un blanc puisse puer si fort.

19 heures

Le privé avait passé la nuit précédente à Rungis. Dix jours qu'il planquait, coincé entre les laitues, les tomates et les concombres. Le fils d'un maraîcher dealait sauvagement, confondant cageot de cannabis et ciboulette. Le père voulait en finir. Sans la flicaille ! Pierre Blondin dit « La Carpe », ex-flic reconverti en détective privé, devait singer une arrestation musclée. Le fils avait craqué quand le privé avait mis le feu à sa dernière livraison. Il bouclait ainsi sa dernière affaire de l'année. Le primeur lui refourguant, en sus d'un billet de mille, un colis de Noël digne d'un pape.

Il était rentré à 6 heures ce matin, lessivé et avait avalé un somnifère. Ce qui ne lui arrivait jamais. Bilan : il s'était fait doubler par le sommeil. Douze heures non-stop. Une aubaine, stratégique, il pouvait l'admettre, pour ne pas avoir à faire défiler les quarante-huit heures de cette maudite fête. Noël, un sale moment à passer dont il ne lui restait plus que quelques heures à subir.

Moyennant un bon livre enrichi d'un fabuleux Margaux (le colis !), il rempilerait pour environ six à sept heures de sommeil en sus et le tour serait joué.

Le 25, il irait déambuler dans Paris, groggy par une nuit festive et donc passablement délestée de la foule habituelle.

Le 26, la vie reprendrait. Tranquillement. Son timing était parfait.

Ne restait plus qu'à se la couler douce jusqu'au 31 Décembre, 19 heures.

Heure à laquelle l'avaient convié Bastien et sa Julie pour un repas "tu verras, toi, nous, quelques amis, sympas, et puis ça te fera du bien... ». Il avait cru bon d'ajouter, d'un ton faussement larmoyant « allez ça fait des mois qu'on ne s'est pas vu »

Pierre avait cédé, un peu parce qu'ils avaient raison, beaucoup parce que c'était cela ou descendre à Annecy retrouver Clara et sa mère. Il avait eu ainsi une bonne excuse de décliner leur offre. Ce que Clara avait mal prit. Et qui lui valait depuis un silence de plomb. Parce qu'il l'avait sauvé, elle avait cru l'aimer. Lui avait pensé que peut-être... pourquoi pas ?... Il n'avait pas su dépasser le stade de ces trois petits points. Il en avait conclu qu'il était un vieux loup solitaire et s'en était satisfait.

Il y a parfois du confort à se conformer à de vieux clichés. À s'y couler sans vergogne. Surtout un 24 Décembre, quand on émerge à 18 heures et que la seule envie qu'on ait s'appelle « Oubliez-moi » avec pour sous-titre : « Ne me posez pas de questions ».

Aussi, quand il se leva, rien ne le prédisposait à entrevoir une autre réalité. Double vitrage, volets roulants descendus, portable éteint, téléphone fixe dans le salon, porte fermée, il n'avait rien vu, ni entendu. Il fila prendre une douche, prit son temps, sifflotant, presque heureux.

Dans la chambre, il enfila un jean noir et un pull en cachemire bleu nuit, ouvrit la fenêtre, ramassa ses fringues de la veille, retourna dans la salle de bain et mit une machine en route. Après quoi, seulement, il alla dans la cuisine.

Il commença par boire un tiers de litre d'eau, à même la bouteille et ouvrit son réfrigérateur. Il en sortit un bloc de foie gras, du saumon mariné, un chèvre, des olives et s'attaqua au vin qu'il déboucha précautionneusement.

Il se découpa une tranche de pain, une de ces grosses miches aux cinq céréales dont il raffolait et mordit dedans, goulûment. D'un geste nonchalant, il tourna le bouton de la petite radio qui trônait entre la cafetière et le grille-pain.

Il était précisément 19 heures. L'heure pile à laquelle la France retenait son souffle et où Pierre, pour la première fois de sa vie, se fit l'effet d'un abruti de première.

Il faillit s'étouffer, de la mie plein la bouche. Écouta d'abord sans comprendre puis se rua sur son portable, sa télévision, son ordinateur.

Quinze appels en absence. Tous de Clara, qu'il rassura d'un bref SMS.

Et un seizième de Bastien : "Vais avoir besoin de toi. Reste *On*. Te rappelle".

Ce qu'il fit à 23h13 alors que L'Inclus en lui roulait déjà sa sixième cigarette.

« Sous X » regarde la jeune femme faire ce qu'elle a dû faire des centaines de fois. Se planter au bar, commander un verre, attendre le premier pigeon qui lui offrirait le second, s'inviter chez lui, l'endormir, le dépouiller, disparaître.

« Sous X » ne la juge pas. Elle a certainement ses raisons. Il ne sait rien d'elle. Ne veut rien connaître. Juste ce que 474 lui en a dit. Que ce soit vrai ou pas importe peu. La vengeance a un prix. La paix de l'âme aussi.

474 a payé. « Sous X » fera son boulot.

Elle n'aura même pas le droit à un entrefilet dans le journal. Son suicide passera inaperçu. Sa réputation la précédant, ses voisins diront que c'était à prévoir. Sa famille la croyant morte depuis longtemps, elle ne manquera à personne. Des centaines de pigeons seront sauvés. 474 sera rassuré, son fils pourra tourner la page.

Ses états d'âme - si tant est qu'il en ait eu - se situaient bien en deçà de l'action définitive. Quand il avait à faire des choix. Même avec cent ans devant lui, il n'irait jamais au bout de son projet. Le monde était fou bien avant lui et le serait encore bien après lui.

Hors contrat, une liste longue comme le Gange l'attendait. Une liste dont l'ordre de priorité changeait chaque jour. La nécessité commandait son devoir. La mort le troussait. Il n'avait plus le temps du détail. Aujourd'hui, il était passé à la vitesse supérieure.

Ce soir bouclerait ses engagements.

Tout avait été question d'organisation. De calendrier. Et d'argent aussi, bien sûr.

Une putain de drogue le fric. Le somnifère des consciences. La seule religion qui rassemble autant de fidèles. Certaines fois les dommages collatéraux sont inévitables. Décidément, sans importance. Tout le monde se rend coupable de quelque chose au cours de sa vie. Le sans-faute n'existe pas. L'impunité non plus.

« Sous X » au fond est un type bien. Il le sait. Le prouve chaque jour.

Ses méthodes sont expéditives et efficaces. Toujours propres et sans souffrance inutile. La cruauté n'est pas son trip, seule la justice compte.

S'il doit un jour se présenter à Dieu, « Sous X » ne veut rien avoir à se reprocher. Quant aux hommes, il en fait son affaire.

AVARIES
Nuit du 24 au 25 décembre

« Il est dangereux
De se pencher au-dedans »
Luis Buñuel.

Bruce

Ce que ne dira pas Bruce dans sa première version de l'histoire est pourtant constitutif de celle-ci. Comme de tous ces silences qui assourdissent les grandes tragédies et dont on sait pourtant qu'ils sont l'unique levier par quoi tout commence. Parfois, privilégier le factuel, sans rien verser de plus intime au pot commun, est la seule option possible.

La résilience, pour qui connaît ce mot, est affaire de langage et de temps. Bruce n'a ni l'un ni l'autre. Sa vie est une force obscure qui lui a fait traverser les frontières. Tirer un trait sur son passé. À ce stade de son existence, on ne se retourne pas. C'est marche ou crève.

Aujourd'hui encore il est vivant. Il salue sa chance. Ne la commente pas. Une pierre de plus à son édifice coupable.

Combien de fois la vie l'a épargné ? Pourquoi ? À quel prix ? Personne ne le lui demande. Ce que d'aucuns veulent savoir, s'arrête précisément là où commence sa vie. Où s'est finie tragiquement celle de Lili.

Alors il raconte. Ce qu'il sait, ce qu'il a vu, ce qu'il a tenté. Il s'en tient aux faits.

En tout cas, il essaie.

Ils ont passé la matinée au lit. Un peu avant 15 heures, il est sorti acheter de quoi les ravitailler. Le temps d'aller dénicher viennoiseries et fleurs, de prendre un café chez Rachid, au bar-tabac de sa rue, il revenait quand l'immeuble s'est effondré.

La terre a tremblé violemment. Bruce est tombé dans la rue. *Ça faisait un boucan du diable.* Le temps qu'il se relève, se frotte le visage, c'était fini. *On n'y voyait plus rien. La poussière recouvrait tout.* À ce moment-là, il ne comprenait pas encore. *Il pensait bien que ça avait sauté quelque part mais ce qu'il pensait ce n'était rien, rien du tout comparé à ce qu'il a vu.*

D'un seul coup, à la place de l'immeuble, il y avait un grand ciel gris. Il s'est frotté les yeux. Plusieurs fois. Ça piquait mais pas que. Il ne retrouvait pas son immeuble. Il n'y avait plus que du vide. Il a pensé qu'il devenait fou, qu'il s'était trompé.

Dans la rue, les sirènes se sont mises à hurler. En même temps que les gens. Curieux. Médusés. *Il est resté pétrifié, bras ballants, à scruter le nuage. Et même là, il ne comprenait pas encore.* Un immeuble qui s'effondre sur pied, il n'avait jamais vu cela. D'autres choses, oui, mais ça - et ses bras s'élargissent dans une amplitude infinie. Le temps qu'il réalise. Que des brumes environnantes s'élève sa conscience, le chaos avait empiré.

Après la stupéfaction, la curiosité. Il venait du monde de partout criant dans tous les sens. Alors là, oui, il a compris. Là - et il désigne d'un poing serré l'emplacement de son cœur – là, j'ai compris.

Il s'est revu fermer la porte sur Lili qui s'était rendormie. Couchée sur le ventre, entortillée dans les draps, avec juste sa frimousse qui dépassait.

Il s'entend encore penser "La chance que j'ai, cette fille est une bombe !"

Une bombe !

Quelle foutue expression.

Les faits pour Bruce s'arrêtent là. Après ce sont ses tripes qui parlent. Lui aussi s'est mis à hurler "Liliiiii" plusieurs fois. Il se revoit courir dans les décombres. Chercher, chercher, chercher.

Juste avant que ne débarque la cavalerie.

Alors il a filé. Personne ne lui demande où. Parce qu'à ce moment du récit, Bruce s'effondre.

Zébulon, Ricco, Fab, La Citrouille, Raph, Sister, tout le monde le voit pleurer.

Mais pas César. Lui, il se bat dans son cauchemar. Toujours en proie à une forte fièvre. Alors tout le monde se tait. Et le patron ressert une tournée.

Hub

Hub est dans le noir. Une obscurité semblable à la cave de son enfance. Avec une humidité poisseuse et aucun repère pour reconnaître dans quel angle on a atterri.

Fuir autant d'années pour se retrouver au même endroit est une grande aberration. On n'échappe pas à son destin. Le savoir plus tôt lui aurait peut-être sauvé la vie.

Est-ce qu'il est mort ? Dans quel monde ?

Il ne ressent plus rien. Ne voit plus rien. N'entend plus rien.

En tout cas, il n'a pas peur. Il est comme anesthésié de tout sentiment, de toute émotion. Seules persistent ses pensées.

Il est dans une longue file. Debout. Grelottant. Il attend.

Pas à pas, il avance. Se rapproche. Attend encore. À quel moment sera son tour ?

Une dizaine de silhouettes le devancent. Tant d'autres le talonnent. Ils vont dans le même sens. Regardant dans la même direction. Patients, abattus. Il est près d'atteindre son but. Ne se rappelle pas exactement lequel. Mais bientôt, devant lui, se dissipent les autres.

Il y a de la fumée. Elle monte. Il attend.

Un homme vient au loin qui pousse un Caddie. Encore de la fumée. Et, juste après, plus rien. Le trou noir.

Et ça recommence.

Il est dans le noir. Une obscurité semblable à la cave de son enfance. Avec une humidité poisseuse... C'est une lecture sans fin du même phénomène, des mêmes mots. Quelqu'un a appuyé sur la touche "*repeat*"... Il n'en sort pas.

N'en sortira plus.

Renée

Elle hésite encore. Reste sans bouger. Les mains posées à plat sur ses genoux. Son regard fixe le portrait de sa mère. Elle ne ressent rien.

Elle s'attendait à ce jour. S'étonne que ce soit si facile, si transparent.

Elle n'est même pas sortie pour voir. Se rendre compte. Il aurait fallu affronter la foule.

On attendrait d'elle qu'elle pleure, sûrement, un peu. Ou qu'elle crie.

Elle n'avait plus cela en réserve depuis longtemps. Pas même en attente.

Ni dans l'âme ni dans le cœur ni même dans le sang. C'est peut-être cette absence qui la sidère autant. Ce vide dans l'émotion. Ce creux sans écho.

Elle l'a appris à la télé, aux informations. Son premier réflexe a été de couper le son. Les images ont défilé. Elle a su aussitôt. Bien avant que la maison de retraite ne l'appelle.

Sa mère, Ernestine, Marie, Madeleine Le Chapelier venait de mourir.

A 86 ans, trois mois et six jours.

Seule. Et sans archet.

Enfin.

Simon

Simon, le père, est dans la cuisine. La mère, elle, s'est réfugiée dans la chambre de sa fille ; ils ont éteint la télé et les lumières.

Le silence, à lui seul, ricoche d'une pièce à l'autre, cherche une porte de sortie, s'assomme au plafond des consciences saturées.

L'homme boit un verre de Porto, sous le halo moqueur du lampadaire. Ce foutu candélabre, planté à l'angle de leur immeuble, juste sous leur fenêtre. Dix ans qu'il râle, pour rien.

Aujourd'hui, il le bénirait presque. Cette nuit est bien trop noire.

Il fixe la vitre brisée de la gazinière, le sourire mauvais, comme si une discussion s'était engagée entre elle et lui et que seul son regard pouvait en déloger l'esprit malin.

Juste avant, il lui a balancé un grand coup de pompe. Première étape pour lui fermer le clapet. Elle a couiné, s'est fissurée. Il a cru que ça serait suffisant. Mais depuis un bon moment, un duel s'est engagé. Il est à deux doigts d'enfoncer le clou. Se lever et recommencer.

Son miroir brisé le nargue. Il dit les fêlures et elles sont nombreuses.

Il y a, fiché dedans, ce qu'il ne veut pas entendre et que sa femme tente de déchiffrer dans la chambre de la petite. Après tout ce qu'il a fait. S'être saigné aux quatre veines. Sans jamais rien dire. Des raisons de péter les plombs, il en a eu. Des vraies. Il voudrait comprendre. N'y arrive pas.

Toutes ces simagrées. Ce que les femmes ont dans la tête le dépasse. Ce que sa fille, Axelle, a écrit, le terrorise tout autant que sa tentative de suicide.

« J + 45. J'en peux plus. La colère encore vrillée au corps. Putain que ça me démange. À gerber. Je sais mille fois que ça ne m'avancerait à rien. Que ça serait pire même. Je bous, j'implose. J'ai beau faire. J'ai tous ces souvenirs plantés dans la tête comme des pieux. Immobiles et droits, fiers de leur importance. Impunité totale. Ils œuvrent à chaque seconde. S'enracinent. Exigent d'être vus, entendus, décortiqués. Encore et encore.

Putain d'enfoirée, si précieuse dans ses manières. Elle m'a bien baisée. Au propre comme au figuré. Une gueule d'ange, tout dans l'apparence. J'ai plongé à cœur ouvert. Sans armure. Au premier regard, je savais que je l'avais dans la peau. À l'instant même où je l'embrassais, je savais que je faisais une connerie. La proposition était belle pourtant. Comme toutes les illusions que la vie donne à voir, l'apparence fait appât et quand on ouvre les yeux, il est trop tard. Les mâchoires du diable t'ont dévoré la moitié du cœur. Trois mois plus tard. Boum. Uppercut du silence. Plus de son, plus d'image.

Disparue. Sa belle était réapparue. Le vent a tourné. Me suis pris une tornade. Je fais encore la toupie. Sauf que ça remonte. Plus fort qu'au premier jour quand j'étais tétanisée. Anéantie. En serpillière dans mon lit. Maintenant la colère se dresse en moi. Je voudrais hurler. Hurler. Hurler. Ça ne sert à rien. J'ai déjà essayé. J'en crève une journée. Je dors et quand je me réveille, rebelote. Parce qu'elle ne m'entend pas. Elle évidemment et les autres aussi. Tous ses amis qui voient sa gueule d'ange, à qui elle a raconté sa version. Si je fonçais dans le tas, ça serait pire. Elle leur dirait « vous voyez bien ! » Alors je ravale le tout. Parce qu'on lutte contre des faux-culs pareils. On encaisse et on attend que la vie fasse son œuvre. J'ai beau me le répéter, ça ne marche pas. La vie ne va pas assez vite. Moi j'enrage. Je mouline à vide. En overdose de tout. En manque de l'essentiel. D'elle, putain de bordel de merde. Et je fatigue. Putain que je fatigue. »

Du charabia !

Georges

Une explosion. Puis un éclat. Un seul.

Minuscule. Efficace. Pointu.

Fiché dans la jugulaire. Libérant un jet. La vie suinte en rigoles, fait une tache, devient mare. Quelques minutes suffisent à fermer le robinet. À peine six cents secondes, dérisoires et vaines. Mais pour Georges, une éternité. Depuis quand est-il là ? Dans cet espace sans contour.

Incroyablement blanc.

À intervalles réguliers, des éclairs jaillissent et il voit. Des scènes à répétition. Son existence découpée en tranches. Celle de ses proches. D'autres qu'il ne connaît pas mais qu'il arrive à relier. Spectateur impuissant. Il sait à chaque fois ce qui va arriver. Ce sont toujours les mêmes mots, les mêmes gestes, les mêmes conséquences.

En boucle, au ralenti, en accéléré. Un supplice des plus pervers. Il n'aurait jamais cru cela possible. Une telle omniscience.

C'est insupportable. Honteusement douloureux. Sa vie défile. Dans un désordre chronologique. Un chaos névrotique. Des flashs d'une précision incroyable, d'une netteté intransigeante, d'une compréhension totale. Il voit et entend ce qu'il n'a même jamais soupçonné que les autres puissent éprouver.

Ses actions, ses pensées, ses ressentis, ses sous-titres, tout est passé à la trappe. Ce n'est pas lui la victime. Le flux est déterminé. Seuls les résultats persistent.

Lui qui croyait tout savoir des réactions de ses proches, de ce qu'ils voulaient bien paraître, de ce qui l'arrangeait de croire.

Diabolique illusion. Il ne peut plus rien y changer. Il est trop tard. Il est coincé. Otage de sa conscience. Sa véritable conscience. Celle qui englobe tout, ne fait pas de cadeau. Mourir c'est devenir transparent, perméable. La vérité apparaît crue, dérisoire et abjecte. Tout est dit. Sans compromis possible. C'est le dernier effet boomerang.

Il s'appelle éternité.

D'abord il y a eu le bruit, puissant, assourdissant. Py a cru que son crâne allait exploser et ses yeux lui sortir de la tête.

Il se souvient avoir plaqué ses mains sur ses oreilles, s'être enfoui le visage entre les jambes. Puis il a serré fort, très fort. Jusqu'à sentir ses genoux lui meurtrir les joues. Son corps entier tremblait, il n'arrivait pas à le retenir. Plus il serrait, plus il avait mal. C'était plus fort que lui, il était pris dans un étau.

Ensuite, le bruit a cessé, un autre l'a remplacé. Il ne l'a pas entendu tout de suite. Dans sa mémoire, les échos de l'impact déversent leur chapelet retentissant. Ses dents s'entrechoquent. La peur a pris le relais.

Plus tard, c'est l'odeur qui l'a averti. Quand il s'est mis à tousser, que sa vue s'est brouillée, que les larmes ont jailli. Ses narines se sont remplies d'une sorte de poussière épaisse et, dans sa gorge, la brûlure est venue. Il se rappelle qu'il ne pouvait presque plus respirer. Comme s'il mangeait du sable. Il a dû ouvrir grand la bouche et c'est devenu pire. Pire que lorsque...

Un flash terrible vient d'éclabousser son œil droit. Tout en crachant ses poumons, il a redressé son corps, est sorti de son étau et une lumière aveuglante est venue se planter dans le fond de sa pupille. Un faisceau rouge. Il reconnaît cette couleur. Il en est sûr. Il l'a déjà vue. Il sait que la douleur est au bout. Comme quand son frère Jean, un jour, s'est coupé le doigt.

Un air tiède. Des champs à perte de vue. Une grande nappe fleurie.

Une enfant court, s'élance, saute par-dessus le dos de l'homme. Une femme applaudit, l'enfant se retourne, un sourire triomphal accroché à ses prunelles espiègles.

Elle rit, tape des mains. Recommence. Plus tard, à cheval sur le dos de son père, elle chevauche l'horizon, s'enfonce dans les épis de blé, ressort en plein soleil, prend son élan, s'envole vers les nuages. Elle veut toucher le ciel du doigt, attraper le bleu infini.

C'est une belle journée de printemps. Un souvenir vivace. Un rêve récurrent. Lili le fait presque chaque nuit depuis ses sept ans. Sa vie s'est arrêtée là. Aucune réminiscence du reste, de l'après. Son père qui d'un coup se dérobe sous son poids – arrêt cardiaque – sa mère qui accourt, le gris froid du chagrin. Elle a erré longtemps avant de rencontrer Zébulon, Bruce, sa nouvelle vie. Avant d'accepter un nouveau soleil et de croire que peut-être… Elle a dormi souvent, beaucoup, protégée par son rêve. Elle y est encore quand l'immeuble s'effondre et que le chaos la frappe de nouveau. Son cœur s'arrête en un instant.

Elle est à cet endroit précis où son doigt attrape le ciel, où la lumière l'aspire dans un long couloir. Et elle sourit. Des paillettes plein les yeux.

Son père lui tend les bras. Il est là.

Il a toujours été là.

Seul au bar, rideaux tirés, lumière éteinte, Zébulon boit une dernière bière. Fatigué de ses soixante-quinze kilos, de sa queue de cheval et de ses blagues à dix balles. Trois de ses meilleurs jokers qui, aujourd'hui, ne lui ont servi à rien.

Le regard fixe, avachi sur un tabouret, le menton en appui sur ses poings, posés à plat sur le comptoir, il compte : un, deux, trois, lentement puis un, deux, trois rapidement, un, deux, trois, lentement puis... Totalement hypnotisé par le clignotement des loupiotes noires qui s'entortillent autour de son sapin blanc.

Une provoc' à la con cette guirlande, pour botter en touche Noël et sa mascarade et, en même temps, faire plaisir à ses clients, à César surtout.

Ou une intuition. Qui sait ?

Les autres années, il n'a jamais fait de sapin. Des ornements, croisés au plafond, pas plus. C'est dans les assiettes et au bar qu'il régale ses clients. Toutes les tournées du 24 au 25 sont pour lui.

Un jour sur trois cent soixante-cinq, il leur doit bien cette offrande ! Cette année, César était arrivé. Un 20 septembre, il s'en souvient. Depuis beaucoup de choses avaient changé. À commencer par cette guirlande à la con justement.

Comment, pourquoi ?

Jusqu'à ce soir, il ne s'était pas posé la question.

Ce gamin a un don.

Un putain de don. Celui de transformer les gens. À leur insu, sans même parler. Il écoute, se tait, sourit et quelques jours après, Zébulon voit revenir un mec, un de ceux qu'il connaît depuis des lustres et qui lui dit, comme ça, l'air de rien, franco « Ça y est, j'ai compris… »

Zébulon ne se l'explique pas. Il le constate. Oui, il a bu. Oui, il est ivre. C'est autant de bonnes foutues raisons d'y croire. Sa lucidité n'est jamais meilleure que lorsqu'il est saoul. Ça non plus il ne se l'explique pas. C'est vrai, c'est tout. Peut-être parce que quand sa douleur est anesthésiée, il redevient libre. Alors tout semble simple.

La vie, les autres. César qui arrive, se pose, repart, laisse une trace. Une de plus à chaque fois. Sans qu'on s'en aperçoive.

Il met les gens comme dans une attente. Avec lui l'horizon s'élargit.

C'est peut-être cette façon qu'il a de regarder les gens, d'observer la vie, d'être là sans que l'on puisse jamais vraiment l'atteindre.

Sociable, drôle parfois. Secret aussi. Un rien distant. Son truc, et dans sa tête Zébulon bute sur le mot, c'est la bienveillance. Oui c'est cela. Zébulon n'a jamais employé ce mot. Pour personne. Il est surpris. Et en même temps, pas que.

Cela résume bien César. Cette lueur dans ses yeux. Son sourire calme. Ses mots comptés. Sa présence entière. Posé—là, qui n'attend rien, absorbe tout. Et dans le fond de son regard on voit comme un monde meilleur dont on ferait partie. Même lui, Zébulon, l'artiste recalé. L'ex « S.S », Serveur-Serpilleur, devenu patron.

Tu parles d'un humour à la con !

César, c'est un être « Tout en Un ». Une sorte d'absolu dont la présence vous englobe. Qui, l'air de rien, discerne la chrysalide en vous, la pressent, l'encourage. Zébulon répète l'expression « Tout en Un. ». Se félicite intérieurement. Il faudra qu'il la replace celle-là. *Très bon, ça. Très très bon.* Quoi qu'il en soit, lui pas plus que les autres n'y résiste. C'est brumeux, confus mais exact. Zébulon en est certain.

Aussi sûr que les zébrures noires dans la nuit ne l'ont pas court-circuité. Une diversion plutôt bienvenue à cette journée grotesque, à ce réveillon pitoyable, à ces bières alignées en cadence, sans bravoure ni joie.

Pour tromper l'apnée de ces dernières heures. Pour la frousse que le gamin leur a donnée et qui dort dans son lit. Pour braver les pleurs de Bruce, couché à présent à ses côtés. Pour la perte de Lili qui gît, une poutre en travers de son sourire.

Pour cette fatigue sans nom qui les a tous dispersés au cœur de la nuit dans un silence de mort et qu'il tente d'épuiser jusqu'à deux heures du matin, seul, avant de s'écrouler derrière son bar.

Convaincu qu'une page de sa vie vient de se tourner.

Isabelle

Un rush comme cette nuit, c'est de l'adrénaline puissance mille. Overdose assurée. *Exit* les cachetons et les seringues. La dernière heure avant un bouclage, c'est toujours un gros bordel. Mais ce soir, ça dépasse tout ce qu'on peut imaginer. Deux heures qu'elle tergiverse.

On y est, il faut conclure.

Isabelle regarde une dernière fois la carte à l'écran, inspire et d'un geste fébrile, appuie sur « envoyer ». Maintenant, il est trop tard.

Si ce n'est, elle, ce serait un confrère. Et dans ce métier, « y a surtout des cons et peu de frères, » pense-t-elle, cyniquement. Une bonne rédactrice, surtout free-lance, ne se permet pas d'état d'âme. Elle surfe à la lisière du « bien » et du « mal », en équilibre entre le « trop » et le « pas assez ». Elle doit sans cesse se tenir prête. Ouvrir les yeux. Épingler le factuel. Relayer, alerter, rendre compte.

Les médias se doivent d'informer, quel qu'en soit le prix. Quand les politiques noient le poisson, les journalistes se doivent, eux, de le réanimer. La plume en piqué de faucon. Et que vive la Vérité !

Elle lorgne son dernier post-it en date, un des quinze qui orne les bords de son ordinateur « C'est la charogne qui crée le charognard et non l'inverse », prend son manteau, sa sacoche et renvoie illico sa conscience aux oubliettes.

Elle est au taquet. Si elle veut assurer demain, il lui faut dormir.

Audrey

« Elle a éteint la lumière, elle s'en souvient, à la 111ème page, quand le mot « solitude », inscrit noir sur blanc à la fin du troisième chapitre est venu buter sur le silence de la cuisine ; l'écho du mot a rebondi partout sur les murs ternes, il est entré dans sa tête, elle l'a entendu, ressenti. Il y avait au centre d'elle un minuscule point d'achoppement, une rigole, alors la solitude s'y est

engouffrée, creusant un chemin dans tous ses vides, se mêlant à son sang, sa peau, qui, dans un sursaut d'inconfort, lui a procuré quantité de démangeaisons et un arrière-goût amer au fond de la gorge, précisément là où l'absence avait fait son nid pour ne plus en partir, tenue immobile dans sa douleur, cristallisant tous ses non-dits et elle le sentait à présent, dévorant au passage toute puissance de joie, à la manière d'un rongeur patient, obstiné, qui aurait trouvé en ce lieu de quoi passer l'hiver, sans rien d'autre à faire que de grignoter, une à une, chaque miette de possibles, vestiges d'un passé non abouti, s'autoalimentant de regrets et d'absurdes, de cynisme et de souvenirs, puisant, sans relâche, dans la frustration, un dernier effort de survie, comme si après tout, cela valait le coup de tenter de repousser l'abîme et ce, sans s'apercevoir qu'elle le creusait plus profond encore, la nostalgie étant à l'œuvre d'un exil qui lui sautait aux yeux maintenant qu'elle l'avait engloutie, comme elle avait englouti les 111 premières pages de ce roman dont elle ne retenait que le dernier mot, celui du moment où elle a éteint la lumière et qui, dans la nuit, après des heures à ressasser ces trop longs jours d'oubli de l'autre, ces pans entiers d'oubli de soi, lui fit à ce point horreur, que dans un sursaut de rage, elle poussa un cri, si profond et si terrible, qu'il lui sembla enfin renaître ».

Abasourdie, nauséeuse, blanche comme un linge, confinée dans la chambre depuis des heures, Audrey, la mère d'Axelle lit et relit le journal de sa fille. Simon, lui, l'a jeté dès la seconde page. Les secrets et les silences n'ont que trop duré ; elle voulait comprendre.

Qu'est-ce qu'il y a à comprendre chez une adolescente de 16 ans qui n'a jamais rien dit et qu'on découvre tout d'un coup ?

Une jeune femme à présent. Qui se révèle plus complexe qu'elle-même à son époque, avec des états d'âme qu'Audrey ne connaît pas.

Sa vie à elle a été si linéaire. Son courage si binaire. Quand elle l'attendait, elle avait 39 ans. Alors oui, elle a douté, y a pensé : avorter ou pas. Si peu. De toute façon il était déjà trop tard. Ce bref instant s'est-il cristallisé dans la mémoire de sa fille, alors microscopique ?

Elle n'en a jamais parlé. Pas même à Simon.

Ne serait-ce pas plutôt de cette femme dont parle sa fille ? « Cette enfoirée », comme elle écrit, qui l'a plaquée. Audrey voudrait bien l'avoir sous la main celle-là. Son prénom n'est inscrit nulle part. Une initiale : « H », c'est tout.

Qu'est-ce qu'il faudrait qu'elle fasse ?

Qu'elle la cherche, la trouve, la ramène par la peau des fesses. Que Simon lui file une bonne raclée ou qu'elle se taise. Encore.

Axelle n'aimerait pas savoir sa mère dans sa chambre. Depuis ses 14 ans, elle a placardé un panneau « sens interdit » sur la porte et sa mère ne l'a plus jamais franchie.

Elle pouvait comprendre. D'intimité, Audrey, avec cinq frères et sœurs, n'en a jamais connu. Alors ce qu'elle a pu rêver, elle l'a offert à sa fille avec revanche. Comme tout ce qu'elle lui a donné jusqu'à présent. Parce que les carences elle connaît. Mais sa fille. Ils ont tout fait, son père et elle. Tout.

Alors cette fatigue dont elle parle, quelle est-elle ? Que quelqu'un lui explique ? Et ce livre dont elle recopie des pans entiers « *Pensées clandestines* », où est-il ?

« Certaines nuits sont tellement noires que l'on sait d'avance qu'elles n'atteindront pas le jour avant longtemps. Des soirs où les vents contraires forcent à ce point l'arrimage que se couler une chape de béton aux pieds semble être le seul point de résistance possible.

Il faut avoir le cœur sacrément accroché pour ne pas croire qu'il va forcer sa cage et vomir son épanchement.

Tu t'enserres le corps à t'en user les bras. Et pendant des heures, tu te berces. Tu contiens tout. Longtemps, très longtemps. Jusqu'à épuisement.

La femme s'était souvent posé la question du courage dans l'instant qui précède la décision d'en finir. S'il existe, à un instant T, une étincelle de lucidité qui force le courage ou si, au contraire, le bug est tel qu'il fait tout disjoncter. Créant un vide tellement énorme qu'on n'y résiste pas.

Quelle conscience véritable peut-on avoir de son geste ? À fantasmer l'idée de mourir, on s'invente des réponses. On s'accroche à l'une d'entre elles pour basculer aussitôt dans une autre. Aucune ne nous retient. On est tellement perdu, tellement seul. Et pourtant, tant que l'on se pose la question, c'est qu'une part de nous veut vivre.

Négocie. Résiste encore. La nuit dernière, la femme a compris. L'instant où l'on décide d'en finir n'a rien à voir avec le courage. Cette seconde-là est bien plus simple. Elle tient dans un mot dont on ignorait la toute-puissance. La fatigue.

Une fatigue telle, qu'elle te cloue à un endroit. Où que tu sois, dans cet instant-là, tu n'as plus qu'une envie, c'est d'y rester.

Dormir sans fin devient une évidence. Tu ne penses même pas que tu ne vas pas te réveiller. L'essentiel est de dormir longtemps. Aussi longtemps que possible.

Lâcher prise. Ne plus penser. Ce qui te tombe sous la main fera l'affaire. Cette seconde-là n'est jamais préméditée. Même si tu y as pensé mille fois. Tu fais avec ce que tu as. L'urgence est d'éradiquer cette fatigue. Ce n'est pas toi que tu tues. C'est ta lassitude ».

Jean

Comment se prendre dix ans dans la vue en cinq minutes ? Blanchir en une nuit ? Boire un demi-litre de whisky en deux heures ? Se farcir six heures de télévision non-stop ? Ne rien manger ? Vouloir définitivement changer de boulot ? Oublier d'être heureux ? Remercier quand même la vie ? Et pouvoir encore à plus de trois heures, le matin de Noël, tenir son frère dans ses bras, sans avoir dormi ? La réponse est :

Arriver deux minutes en retard à un rendez-vous trois jours avant.

Deux foutues petites minutes. À quelques secondes près. Deux minuscules foutues minutes. Qui, trois jours plus tard, se sont multipliées tellement de fois, en décalage, rattrapage, raccord, compromis et j'en passe, que Jean est arrivé à un jour et vingt-trois minutes de retard.

Un foutu jour et deux foutues minutes de retard pour se retrouver la veille de Noël dans un Paris complètement paralysé à grimper sur un lampadaire de la rue Baudricourt pour voir au loin si les pompiers vont, oui ou non, débusquer de leur lance incendie, un 3.14 très certainement barricadé dans sa tour d'ivoire. Si toutefois, il n'est pas coincé quelque part, définitivement mort. Et là, les options du comment grimpent à mesure que les minutes passent et que les pompiers sortent en courant un premier gamin salement amoché, un second sur une civière, un troisième sur le dos.

Ainsi de suite et à la chaîne sans que ce soit Py qui lui tende les bras. Vivant ou mort ? À ce stade, la question ne se pose plus. Chaque seconde ensevelit son espoir. Il repense à ses derniers mots quand ils se sont quittés : « je reviens et on va faire un réveillon du tonnerre de feu ». Y a-t-il en cet instant un bon Dieu qui ricane ou est-ce lui qui est ivre ? Il faut avouer que pour Jean, le whisky à jeun, c'est une première. Il pensait s'assommer mais non... Il doit avoir un réactif dans le corps qui perturbe l'alchimie.

Vingt-quatre heures qu'il est debout. Il a passé la nuit aux urgences, sans savoir à quoi s'attendre, à bouffer du tube cathodique en perfusion et de la Wi-Fi sur le portable en sonde rectale. Il a fini par se tirer. Vu le bordel, embarquer son frère a été un jeu d'enfant. Impossible pour lui de le laisser là-dedans. Il l'a soulevé avec précaution. Endormi comme une souche. Il y a quoi ? Vingt minutes maintenant. Depuis il n'arrive pas à le lâcher. Il est encore sous l'abribus, en face de Necker. Pétrifié.

Renée

Elle a cru ne jamais rien ressentir. Ni tristesse, ni remords et encore moins de regrets. Rien.

Et pourtant…

Renée n'a pas bougé d'un millimètre. Choquée ? Prostrée ? Sidérée ? Quelque chose de la sorte. Un trou dans le présent qui blinde les émotions, fait barrage à toute forme de révolte, de déni ou de pleurs. En tout cas qui tasse sur soi-même et immobilise toute volonté de réaction.

C'est sa vessie qui la rappelle à l'ordre. Si le psychisme fait défaut, la physiologie, elle, force le mouvement. Elle réalise, effarée, qu'elle vient de passer plus de huit heures ainsi, scotchée au portrait de sa mère.

Elle en a un haut-le-cœur et se rue vers les toilettes. Elle y est encore quand le téléphone sonne intempestivement. Elle laisse le répondeur s'enclencher. Son corps la contraint enfin à la révulsion. Il se rebelle pendant que son esprit divague en lointains souvenirs.

Sa mère avait été si souvent absente qu'elle en avait oublié sa présence. Bien avant l'adolescence. Elle avait cinq ans quand elle a rejoint l'internat. À ce moment-là, le mal était fait. Elle avait souffert. Longtemps. Beaucoup. S'était trouvé d'autres consolations.

Sa mère avait poursuivi sa carrière de violoncelliste. En soliste. En solo. Une blague destinée à détourner l'attention quand un journaliste un peu trop téméraire voulait piéger ses failles.

Ses failles, c'est-à-dire sa fille. Deux avortements. Une flopée d'amants laissés pour compte. À 70 ans, elle répondait encore que « la musique exigeait des sacrifices et qu'elle ne regrettait rien ». D'ailleurs, en aurait-elle eu le temps, plus de cinquante concerts par an, qu'elle n'aurait pas pensé autrement. Dieu lui avait donné des mains à la place d'un archet, elle avait passé sa vie à compenser cette regrettable inversion.

Renée avait fini par la comprendre et même lui pardonner, des années plus tard, quand elle-même avait embrassé la carrière d'écrivaine.

Le manque se comble par le rêve et elle pensait tous les avoir réalisés. À inventer des histoires, elle avait résolu la sienne. Croyait être en paix, détachée. Jusqu'à hier, elle n'avait aucune nouvelle de sa mère. Elle la savait placée dans une belle institution, ne s'inquiétait jamais d'aller la voir. Pourquoi diable après tout ? Elles s'étaient si peu connues.

Alors pourquoi cette réaction depuis hier ? Cette prostration ? Cette hantise à ouvrir ce courrier.

Une lettre déposée par la poste le matin même du 24 Décembre. À l'en-tête de la maison de retraite « Les Artistes des Batignolles. Elle lui vient de sa mère. Elle qui ne lui a jamais écrit plus de trois mots toute sa vie durant.

Une lettre qui arrive précisément le jour où Ernestine décède, empoisonnée, comme dix autres pensionnaires, dans sa rutilante pension.

Renée comprend qu'au-dessus de tous ces ressentis, c'est la peur qui prédomine. La peur d'un fantôme qui l'a hantée longtemps, qu'elle a trituré dans chacun de ses romans sans jamais vraiment le chasser. Et qui revient, à 53 ans, réclamer son dû.

Sous X

A : IBN@Q.source.fr
Objet : RDV. Demain, midi au Drugstore.

A l'attention de Madame Isabelle Brunier-Nathan,

Dans ce métier, seule la première fois compte. On peut faire état de toutes les autres fois, comptabiliser, hiérarchiser, commenter cent fois, vous n'entendrez jamais rien de plus vrai et de plus juste que celui qui vous racontera « SA » première fois. Qu'elle soit induite, préméditée ou fortuite, c'est l'Alpha qui fera de vous, à tout jamais, un type bien ou pas. Qui vous placera au rang des humains et non des bourreaux. Je sais de quoi je parle. Des types comme moi, j'en ai rencontré, quelques-uns. On ne se croise jamais, on se reconnaît. On sait se lire, entre les lignes, dans ces entrefilets nauséabonds et flous qui remplissent les colonnes des grands quotidiens.

La majorité est ce que les gens en pensent : des assassins, purs et durs. Sous couvert d'insignes, de décorations, de faits d'armes, de matricule illustre ou de cause nationale, ils ne valent pas mieux que le premier psychopathe qui baise sa femme en lui tordant le cou dans un ultime accès de folie. Et même pire, puisque la récidive est financée, absoute, endoctrinée.

Mais pas moi. Moi je suis un type bien. Probe. Je n'ai pas l'amour du geste ni le plaisir du sadisme. Je n'honore que la justice, vénère l'équité. Je respecte un code et n'y déroge que par accident. Il faut véritablement que ce soit juste. Aussi évident que la toute première fois. C'est-à-dire intolérable en l'état.

C'est déterminant pour garder le cap. Ne pas succomber à la facilité, ne pas déraper. Continuer de dormir. Dans mon métier, le sommeil est capital. Prenez n'importe quel gars surentraîné, précis, brillant, si vous le privez de sommeil, le résultat est un carnage. Il n'y a qu'un seul secret, pour un repos sans états d'âme, c'est la droiture. Et pour cela, une exigence drastique dans ses choix. Choix déterminé à 100% par la première fois.

La première intention. Le premier ressenti. Et donc le premier résultat.

Vous voyez ? Vous me comprenez ?

C'est pour cela que vous viendrez.

Pour cette « première fois ».

Parce que sans « elle », il n'y pas d'histoire. Ni de petite, celle des humains. Ni de grande, celle de l'Humanité. À laquelle j'appartiens, pour laquelle j'ai tout sacrifié.

Et à qui je dois aujourd'hui de briser le silence.

Bastien

Une seule question : « qui ? ».

Aux grands maux, les grands remèdes, ils étaient plus de quatre cents enquêteurs à se poser la question. C'est-à-dire à l'instant T, rien de moins que La Direction Centrale de la Police Judiciaire, l'ensemble des représentants de ses sous directions ainsi que tous les directeurs des Directions régionales de police judiciaire de France et une bonne partie de leurs fonctionnaires.

Dont le tout jeune Capitaine promu, Bastien Pardieu dit « La Virgule ».

À partir des éléments récupérés sur chaque scène d'attentat, ils pensaient pouvoir tirer au moins une ficelle. Impossible que le ou les commanditaires n'aient laissé une empreinte ou fait une erreur.

Il était près de deux heures du matin soit sept heures après le dernier attentat et toujours aucune revendication.

C'était un bordel monstrueux. Des milliers de données étaient en cours d'analyse.

Ils devaient décortiquer tous les modes opératoires. Imaginer les relier entre eux.

Plus ils avançaient, moins cela avait de sens.

Drone - Bombe artisanale - Dynamite - Poison - Bonbonnes de gaz – Feu.

Un logiciel avait simulé le trajet d'un homme capable d'être aux six endroits à une heure d'intervalle. Impossible. Il aurait salopé le travail à un moment ou à un autre.

Il y avait trop de minutie, de précision, d'heures de préparation en amont. Il lui fallait des complices pour orchestrer cette vaste machine de guerre.

Oui mais lesquels ? Et comment les convaincre d'agir ensemble ?

Cela n'avait aucun sens. Sans revendication, cette hypothèse ne tenait pas debout.

D'ailleurs aucune hypothèse ne tenait debout.

Il y avait juste un immense merdier qu'une salope de journaliste avait baptisé « Dum-Dum » et elle avait foutrement raison.

Un tir, six impacts.

Paris en croix. À genoux. Châtiée.

Pourquoi ?

ÉTAT DES LIEUX
25 décembre – Matin

« Puisque ces mystères me dépassent,
Feignons d'en être l'organisateur ».
Jean Cocteau.

Au fil des rues

Pierre est arrivé le premier, bien avant l'heure du rendez-vous.

Après ces heures interminables de visions apocalyptiques *fureur – bruit – larmes – linceuls ensanglantés – images passées en boucle à la télévision*, sur les événements de la veille, il s'est décidé à sortir. Le choc est brutal. Le froid, la nuit, le silence et le vide. Rien, absolument rien d'autre que le froid, la nuit, le silence et le vide.

Sa rue semble figée dans une sorte d'irréalité ténébreuse. Un désert gris, tout en suie et en béton, sans aucune autre âme qui vive que la sienne. Pas un animal, pas un taxi, pas même une once de vent qui aurait balayé l'idée de mort et chassé l'odeur de sang. De brûlé. D'effroi.

Il hésite entre frayeur et désolation, solitude vertigineuse, abandon gigantesque. Il reste ankylosé quelques instants à tenter de respirer autre chose que ce sentiment d'extrême dévastation.

La voix de Jaurès s'est éteinte. Son quartier exhale l'odeur creuse des cimetières. Paris est rendue immobile. Seuls les réverbères diffusent une lumière criarde, presque grossière. Tel un chemin de croix que Pierre suit en se forçant à accélérer le pas.

Il sait qu'à quelques encablures de là, le décor sera autre. Ce qu'il reste de vie y sera agglutiné. En apnée, curieuse, malsaine ou douloureuse. Mais vivante. Terriblement vivante ou monstrueusement trépassée. Avant son rendez-vous avec Bastien, il veut se faire une idée. Prendre le pouls de sa ville. Digérer l'information de visu. En contact direct.

Quai de Seine, il ne croise personne. Même la faune omniprésente aux abords du canal, vingt-quatre heures sur vingt-quatre, 365 jours par an, s'est volatilisée.

En continuant vers Gare de l'Est, il comprend pourquoi et a de nouveau un choc. Des dizaines de soldats armés forment un bouclier tout autour de la gare.

Leurs FAMAS pointés vers le sol, ils sont aux aguets. Pierre renifle la peur sous les casques. La colère et la peur. L'ennemi les nargue. Il s'est tu toute la nuit. Mais il est là, peut revenir, prendre pour cible n'importe quel endroit de Paris comme il l'a fait hier.

Gare du Nord. Idem. Des dizaines de militaires. Nerveux. Tendus. À un doigt de presser la gâchette sur une souris venue titiller le bout de leurs rangers.

Pierre trace rue Lafayette, prend la tangente à Poissonnière. Il enfile les rues désertes. Partout le même chemin vide et creux. Partout le silence. Partout un pouls ténu, recroquevillé, aux abois.

Et soudain, un cri. Une bouffée de vie. Un espoir. Un bébé hurle. Là, tout près, derrière cette fenêtre, au premier étage de la rue Montorgueil. Pierre lève la tête avec un sourire infini. Un bébé hurle. De faim, de sommeil, de colère, de vie, d'envie. Qu'importe.

L'enfant veut vivre.

Petit à petit, il sent le cœur de Paris battre à nouveau. Comme si, lui-même, respirait enfin. Comme s'il sortait d'une longue torpeur. Derrière ces volets fermés, ces rideaux tirés, ces portes verrouillées, des milliers de Parisiens continuent d'exister.

Depuis le premier bulletin d'information, hier après l'explosion à la Prison de la Santé, jusqu'à cette nuit, chacun a retenu son souffle. Comptabilisant les morts. Attendant la prochaine attaque. Depuis dix-huit heures hier soir, à l'ESAT de Chevaleret, aucune autre violence n'a été enregistrée.

Alors même si la ville est sur les dents, que la foule se terre, que le Président arme la capitale, Pierre sait que c'est terminé. Il le ressent, profondément. L'homme ou les hommes qui ont mis Paris à feu et à sang ont fini de cracher leur haine. Leur rage. Leur destruction. Une autre guerre commence. La France va rechercher le ou les coupables. Tous les flics de France sont réquisitionnés. Tendus dans les starting-blocks. Même lui, ex-flic, aujourd'hui détective privé, est de la partie.

Dans deux heures, il a rendez-vous « Chez la Mère Bravo ». Le Capitaine Bastien Pardieu, son ex-coéquipier et ami doit lui faire un topo. Le mettre en sous-marin. Neuf mois qu'ils n'ont plus travaillé ensemble. Depuis l'affaire Mc Domino. Si ce n'était la gravité et l'extrême tension de ces dernières heures, Pierre en sauterait de joie. Pourtant, c'est loin d'être son genre. Sauf peut-être aujourd'hui. Sauf depuis le cri de cet enfant. Ce cri qui ramène à la vie. Comme un signe qui vient confirmer son instinct.

L'enfer est terminé. Le volcan a craché. Un long chemin de braises durcit l'asphalte, brûle les consciences. Pierre ne sait pas dire pourquoi il nomme ainsi les choses. Pourquoi il s'arrête de nouveau en chemin, sort son paquet de tabac et se roule une cigarette. Pourtant il revient sur ses pas et la dépose au pied de l'immeuble, là où le bébé a hurlé.

C'est sa septième clope en moins de douze heures.

Annexe du « 36 »

Ce qu'il y a de bien "Chez la Mère Bravo", c'est que même un matin comme celui-là, tout est à sa place. Betty la patronne, sa bonne humeur et son mobilier. Inviolable. Indétrônable. Incassable.

Et ce, Bastien en est certain, quoi qu'il arrive. Trois cent soixante-cinq jours par an.

S'il ne devait rester qu'un bar à Paris, encore debout, après une apocalypse, il parierait jusqu'à sa dernière paye, que ce serait celui-là.

Même mieux. Il miserait sur la présence de Pierre, en train de rouler sa dix millionième cigarettes, dans un silence concentré, le regard perdu au-dessus des derniers vestiges que l'humanité aurait oublié de saccager, tout en l'attendant.

Après la nuit que Bastien vient de passer, il en pleurerait. Sans pudeur aucune.

Pourtant, il se retient. S'en fait la remarque.

La fatigue, d'un coup, le plombe ras les chaussettes. Sur les charbons ardents depuis hier midi, il n'a pas vraiment eu le temps de se poser. À peine s'il a appelé sa Julie. Trois SMS au lieu de quinze. Juste assez pour se rassurer et se savoir en vie.

Sain et sauf au milieu du tollé.

Elle aussi subit les conséquences. Il a fleuri des cellules de soutien psychologique un peu partout à Paris cette nuit. Elle est dans l'une d'entre elles. Aussi épuisée que lui.

L'aube de leurs retrouvailles lui semble loin déjà. Ne reste qu'une étrange sensation. Celle de s'être enfin reconnecté. Et peut-être aussi, fugacement, le goût d'une jouissance salée, arrachée à la vie. Oui ils ont fait l'amour mais ce mot a-t-il encore un sens aujourd'hui ?

Effet conséquent de toutes ces émotions, d'un seul coup, sa « Jambe Pile* » le démange. Il la sent fléchir, se met à tituber. Cette intimité ce matin, entre Betty d'un côté du bar et Pierre de l'autre, dans leur fief d'habitude survolté, le cueille de plein fouet.

Bastien dit « La Virgule » (depuis qu'une balle récalcitrante lui a perforé la jambe droite) chaloupe dangereusement avant de se rattraper *in extremis* au bar.

- Eh merde, s'exclame-t-il, irrité, ce n'est pas le moment.

- Tu l'as dit gueule d'ange, regarde-moi ça... réplique un peu trop vivement Betty en ouvrant grand les bras, tous les rats ont quitté le navire, j'suis bien contente de vous voir tous les deux.

Elle a feint de la jouer cool mais le ton n'y est pas.

Il s'ensuit un silence de la taille d'un trou noir, comme aucun des trois n'en a jamais connu en ce lieu. Et il dure, les faisant se dévisager à tour de rôle, comme s'ils cherchaient dans le regard de l'autre un réconfort, une solution, un miracle. Une explication.

C'est à qui des trois rompra la digue et laissera jaillir les mots assassins.

Contre toute attente, c'est Pierre dit « La Carpe » (sous-entendu le taiseux) qui le brise et demande à Betty de lui remettre un kawa.

Évidemment il lui a planté son regard vert droit dans les yeux avant de lorgner sa tasse de café vide. Évidemment, elle s'est affairée dans l'instant. Gênée encore aujourd'hui de ses pupilles lancées comme des lasers au fin fond de son âme. Bon Dieu ce qu'elle n'aime pas ça. À chaque fois elle s'en fait la remarque. Ce type viserait la lune qu'elle ne s'étonnerait pas de la voir tomber à ses pieds.

Quand elle dépose les cafés devant les Concertistes, un petit noir serré pour « La Carpe » et un allongé avec un nuage de lait pour « La Virgule », le silence les surprend à nouveau. Trop de temps qu'ils n'ont pas été réunis. Depuis Mc Domino, une sale affaire.

Six mois de convalescence pour Bastien. Monté en grade, passé Capitaine, il n'a repris le flambeau « au 36 » qu'en septembre dernier.

Pierre, son ex-coéquipier, est retourné à ses enquêtes. Son agence de détective privé croule sous les demandes. En sauvant Clara, il a ouvert la boîte de Pandore. Celle des disparitions. Recherches à la personne. Fugues. Familles en détresse. Pas un jour sans que son téléphone ne sonne pour une nouvelle urgence. Avec, parfois, des sommes colossales à la clé. Il les dirige aussitôt vers des confrères. Continue de n'en faire qu'à sa tête. Ne se fiant qu'à son instinct. Cette petite voix intérieure qu'il nomme « L'Inclus » et l'oblige, clope après clope, à façonner son raisonnement, méticuleusement.

Aujourd'hui, Paris est en alerte rouge. « Le 36 » a demandé du renfort. Des dizaines de détectives comme lui vont devoir répondre à l'appel. Il leur faut des sous-marins aux quatre coins de la capitale. Pierre sera celui de Bastien.

Betty s'en doutait. Elle écoute « La Virgule » dresser le tableau de l'inconcevable. Rien d'indiscret à cela. Ils sont seuls. Les Concertistes savent qu'ils peuvent compter sur sa mutique participation. Elle était là bien avant eux et le sera sûrement encore quand ils auront pris leur retraite. C'est ce qu'on appelle un « pilier de bar » au sens "propre" du terme. Inviolable. Indétrônable. Incassable. Les trois « I » du « Y » final de Betty. Trois repères. Fourche inflexible.

La première fois où « La Virgule » a pavoisé ainsi, Betty s'est exclamée :

- Toi tu es un poète et tu n'as rien à faire chez les flics, en lui ébouriffant les cheveux.

Or, ce matin, « La Virgule » manque considérablement de poésie. Les chiffres sont là. Le bilan désastreux. La panique à chaque coin de rue. Six points « chauds bouillants » et rien qui les relie entre eux. Pas l'ombre d'une piste sérieuse.

- Nib, que dalle, rage-t-il pour la seconde fois en fixant « La Carpe » d'un air réprobateur.

Lequel n'a pas l'air du tout de comprendre. Il roule sa huitième clope du matin comme il le fait à chaque fois. Silencieux. Attentif. Concentré. Absent à tout ce qui se passe autour de lui.

Bastien n'est pas d'humeur.

Pierre le rassurerait bien. L'écho du nourrisson résonne encore au fond de son crâne. Il en est totalement imprégné, s'y accroche peut-être. Pour ne pas perdre le fil. Son intuition est la bonne. Le diable s'est tu. Aux hommes de parler maintenant. Pourtant il se tait. Attend que Bastien s'épuise. Le laisse dégorger sa bile.

- Un drone en plein Paris. Tu y crois, toi ? Vas-y que je te vole, peinard, direction La Santé. Pile poil au-dessus de la cour de promenade. Bingo. 19 morts et 13 blessés. Et si elle avait été pleine ? Tu vois le carnage ? Ce n'est pas qu'on tient tant à eux. Il n'y avait pas que des enfants de chœur. Mais pas pire non plus. La plupart étaient libérables dans le mois ou en instance de transfert. Tu n'imagines même pas ce que j'ai vu. Un véritable charnier.

À cet instant, Bastien grimace.

Son regard bleu s'est assombri. Même ses mèches blondes tombent de fatigue. Betty le remarque qui tente un geste puis se ravise. Elle aussi, subit le silence qui vient à chaque fois couper le récit.

Foutu « Jambe Pile ». Bastien essaie de la repositionner. Il a la sensation qu'elle pèse une tonne. Comme si, inexorablement, tout ce qu'il a de fatigue lui descendait dedans. Et ce ne sont que les premières heures, murmure-t-il pour lui-même.

« La Carpe » a fini de rouler sa clope. Sait qu'il doit attendre. Encore. Regarde Bastien se contorsionner sur le tabouret de bar. Grimacer, se détendre, puis reprendre.

- Bon, j'imagine que vous avez vu les infos ? Pour ce qui est du factuel, en tout cas.

Bastien dévisage tour à tour Betty et Pierre. Ils opinent de la tête. Même s'ils savent, lui a besoin de parler. D'énumérer. D'éparpiller les éléments. De les évacuer. Oust, hors de lui. Peut-être, qu'alors, il pourra reprendre sa respiration.

- 13 heures à la Santé. 14 heures sur le parvis de Saint Eustache. 15 heures à Belleville. 16 heures à Wagram. 17 heures à Convention. 18 heures à Chevaleret. Celui qui a fait ça nous a bien baladés. À peine le temps d'arriver à un endroit, que ça pétait ailleurs. Bilan, j'ai fait le tourniquet toute la journée. Le temps d'engranger les infos, d'estimer le nombre de morts ou de blessés. De mettre les équipes en place. Un beau feu d'artifice. Cellule de crise toute la nuit. Me voilà.

Betty a fini par s'éloigner. Contre toute attente, les clients arrivent, d'abord au compte-gouttes puis une vague entière. La moitié du « 36 » débarque.

Les Concertistes ont déserté le comptoir et se sont installés au fond de la salle.

« La Carpe » s'est enfin décidé à couper la grogne de Bastien.

- Vous savez quoi au juste ? Parce que j'imagine bien que tu ne m'as pas fait venir pour savoir ce que tout le monde sait déjà. Ni même pour te défouler. Il est déjà 9 heures et je ne t'ai pas encore entendu me dire ce que tu attendais de moi ? C'est moche à ce point-là ?

Bastien prend un air navré.

\- Désolé... Fallait que ça sorte... Mais, merde si tu avais vu ! Putain, j'en gerberais encore... Tiens, sens…

Pierre l'arrête d'un geste. Il n'a pas besoin que son ami lui tende sa veste sous le nez pour sentir ce qu'il sent depuis une heure. Il aurait bien voulu que Bastien lui épargne les détails, se contente des conclusions. C'est pourquoi on l'a fait venir, non ? Pour agir conséquemment. Bastien passe outre. Le force à respirer. Et à écouter. Encore.

\- Tu sens ? Du clodo grillé. Après la bidoche éparpillée aux quatre coins de la cour de promenade, j'ai filé direct sur la marmite de soupe qui a explosé aux Halles. Une telle boucherie que je me suis vomi dessus. À Belleville, le bâtiment s'est écroulé sur lui-même. Du bon boulot tu me diras. Net et propre. Bon Dieu pas un seul survivant. À ce moment-là, la coupe était pleine.

À la maison de retraite, les gars ont craqué. Tous ces petits vieux dans la salle à manger, le nez dans leur compote. Ça pue déjà quand c'est vivant, alors une dizaine qui trépassent en même temps, c'est l'horreur. Rebelote à l'hôpital. Tout l'étage psy anesthésié à la bonbonne de gaz. On a d'la chance qu'une seule des dix ait pété. Et pour finir, dix-sept gamins hystériques dans un ESAT. Un feu qui part en sucette, une sirène hurlante qui ne s'éteint pas. Deux morts, quinze blessés légers, c'est vrai et autant d'assassins potentiels que de gamins incapables pour la plupart d'aligner une phrase.

Son long soliloque a brûlé ses dernières forces mais Bastien reprend son souffle.

Il n'en a pas fini.

- Voilà, rien de plus. On en est encore à l'état des lieux. Dresser des bilans. Faire état des pertes. Identifier les *modus operandi*. Aucune revendication. On a cru que ça allait péter ailleurs, hors Paris. Non, d'un seul coup tout s'arrête. Et on est là, comme des cons. T'imagines le nombre de gens à interroger, les périmètres à couvrir, les investigations à mener ? Si on réquisitionnait tous les flics de France, je ne voudrais pas être celui qui portera le dossier quand il sera bouclé, si jamais il est bouclé un jour. Faudrait un cargo entier pour le déplacer.

Pierre acquiesce. Toujours en retrait, il observe son ex-coéquipier. En dehors du fait qu'il comprenne son abattement, il sent que quelque chose lui échappe. Bastien est un fougueux, un battant. La situation est grave, dramatique mais semble stable à présent.

Cette tirade négative ne lui ressemble pas. Cela fait trop longtemps qu'ils ne se sont pas vus. « La Carpe » pressent déjà qu'il a loupé un épisode.

Quelque part dans la vie de Bastien, il s'est passé quelque chose. Le moment n'est assurément pas le bon pour en parler. Il sait qu'il devra y revenir. D'ailleurs, sa main a saisi sa blague à tabac. Son intuition ne le trompe pas. Il sait que cette clope-là n'appartient pas à la grande histoire.

Rien n'est fortuit. Ce qu'il doit apprendre, il l'apprendra. En temps voulu.

Il finit de la rouler et la pose devant Bastien sans un mot. Lequel la contemple avec un rictus de douleur sur le visage. Pierre lui balance un clin d'œil et murmure "Plus tard, on en parlera". Les deux hommes se sont compris. L'urgence aujourd'hui est ailleurs. Alors Bastien se décide à agir.

Chez Zébulon

César a clairement vu l'homme. Celui qui ne parle pas. Il est vêtu d'un jean et d'un Bombers sombre. Les yeux verts, le cheveu gris. Style bourru indéchiffrable.

Aucun rêve ne lui a livré un portrait d'une telle précision. La connexion est exceptionnelle. César n'a même pas besoin de le chercher. L'homme est déjà en chemin. Étonnamment, il se sent apaisé. Lavé de la veille. Dessoudé du mal.

L'esprit clair.

Pourtant, il se réveille précisément à l'instant où Bruce sort de son sommeil en hurlant. C'est un cri poussé avec toute l'énergie du désespoir. Interminable. Terrifiant.

César n'a jamais rien entendu de tel. Il le percute de plein fouet, vibre dans son être, résonne dans chaque fibre. Il vient s'incruster dans son épine dorsale, remonter dans son cou, emplir son crâne, déverser sa douleur.

Aussitôt sa quiétude fait place à une avalanche d'angoisses.

Les énergies de Bruce le traversent de part en part, le rendent impuissant et pourtant César n'intervient pas. Ce qui sort ainsi de Bruce ne doit pas être contenu, alors quand Zébulon déboule pour se ruer sur le géant noir, César l'arrête d'un geste. Une main tendue avec conviction en même temps qu'il crie "Non".

Zébulon stoppe net. Regarde tour à tour César, qui paraît impassible, et Bruce dont le cri meurt dans un dernier râle plaintif.

Le silence qui le remplace laisse les deux hommes abasourdis.

Bruce est trempé de sueur, les yeux grands ouverts. Il fixe le plafond, pétrifié dans son lit. Les poings desserrant lentement le bout de couverture qu'il empoignait rageusement deux minutes plus tôt.

César pousse un profond soupir, pose un doigt sur sa bouche en faisant signe à Zébulon de partir. Puis il se lève avec précaution, contourne le lit et vient se poser à côté de Bruce. Quand il est sûr que Zébulon a bien refermé la porte derrière lui, il se penche légèrement, place sa main droite au-dessus de son front et la gauche sur son sternum.

Il reste longtemps ainsi. Les yeux fermés. À inspirer et expirer. Concentré, attentif à chaque nouvelle respiration « Expire l'anxiété, inspire la foi. Expire la peur, inspire l'amour. Expire le stress, inspire la paix ». Et il recommence. Dix fois. Bien après que Bruce se soit rendormi. Quand il quitte la chambre, le géant repose tel un enfant, le visage serein, une main sur le cœur. César titube jusqu'à la salle de bain.

Il a besoin d'eau, de beaucoup d'eau.

Il quitte ses vêtements de la veille (c'est à peine si Zébulon a osé lui retirer ses chaussettes et le débarrasser de son sweat) et file sous la douche. Ce n'est pas la première fois que le patron lui offre l'hospitalité, il connaît les lieux. Sait que le jet sera chaud, brûlant même et fluide et généreux.

Il en a besoin. Autant que de sa méthode en dix points. Des techniques simples, naturelles pour se recentrer.

Chasser les parasites. Renouveler ses énergies.

Ce qu'il a lu en Bruce regorge de deuils. De silences impossibles à révéler.

L'homme a terriblement souffert et César a fait ce qu'il a pu. La trame a été modifiée. À peine soulagée. Mais c'est un bon début. Il faudra maintenant que le géant parle. Secoue ses fantômes. Accepte un autre chemin. César a confiance. Le temps des rendez-vous est venu.

Vingt minutes plus tard, lorsqu'il pénètre dans le bar, personne ne le remarque.

Ils sont tous là, Zébulon, Ricco, Fab, « La citrouille », Raph, Sister et bien d'autres encore scotchés sur l'ordinateur. La bouche ouverte, en mode « j'hallucine ».

Une masse compacte qui ne laisse rien voir de ce qu'ils scrutent uniformément. La télévision braille au maximum, c'est comme s'ils ne l'entendaient pas. Pourtant, sur l'écran XXL s'affiche en gros plan un dessin morbide.

Un plan de Paris avec six points rouges clignotants. Pour les relier entre eux des traits rouges qui forment une immense croix.

La capitale est barrée d'une extrémité à l'autre.

Une diagonale de Wagram (numérotée 4) à Chevaleret (numérotée 6)

Une autre de Convention (numérotée 5) à Belleville (numérotée 3).

Et, en son centre, un point de connexion, l'église Saint Eustache (numéroté 2).

Juste en dessous, un clignotant rouge plus gros que les autres. La Prison de la Santé (numéroté 1).

Une ligne en pointillés noirs, marquée à la moitié d'une balle de révolver, relie l'impact 1 à 2. Avec cette inscription juste à côté « Dum-Dum ».

Le symbole est on ne peut plus évident : l'analogie diabolique.

La chronologie démoniaque démarre à 13h00, la veille de Noël pour finir à 18h00, après six attentats, dans six lieux symboliques : entre piété et péché.

Que de symboles ! Celle qui a imaginé ce schéma a voulu traduire la chronologie meurtrière qui a frappé Paris dès 13 heures, hier, veille de Noël. Le chemin d'une balle qui en partant de la source 1 a explosé la source 2 qui s'est ensuite démultipliée aux quatre coins de la ville.

César en est sûr. Cette balle a un visage. Un visage qu'il a déjà vu. C'est l'œuvre d'un homme. Qui sait ce qu'il fait. Pourquoi et dans quel ordre. Le message est clair. Paris est barrée d'une croix. Meurtrie, disloquée, châtiée.

Il enregistre l'information en un seul bloc. La soumet simultanément à sa mémoire, la reconnaît. Ce n'est rien moins que son cauchemar de la nuit. Parfaitement représenté.

Et pourtant… quelque chose cloche. Sous ses yeux, il voit les lignes bouger. Le dessin réapparaître. Autrement cohérent.

Le choc est violent. Moins de dix secondes après qu'il a pénétré dans le bar, César s'écroule, une nouvelle fois, tel un tronc d'arbre scié à la base. D'un seul tenant, à la verticale, sur le côté gauche. Alors, seulement, une quinzaine de paires d'yeux se retournent d'un même mouvement, laissant apparaître sur l'écran d'ordinateur, la même image morbide.

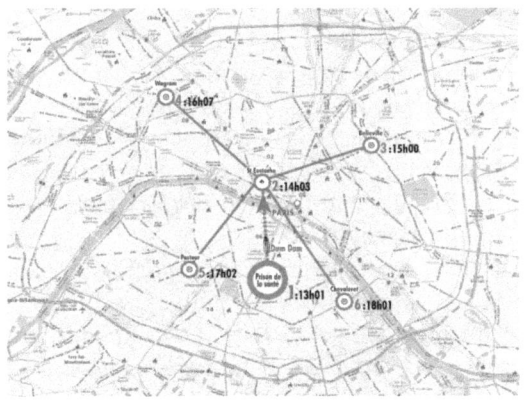

Avenue Eylau

Elle a vaincu sa peur, ses nausées, ses souvenirs. Au petit matin, Renée a déchiré l'enveloppe. Fébrilement. Avidement. Avec l'espoir insensé que cette lettre, cette unique et ultime lettre que sa mère lui ait jamais adressée, porte en elle le message espéré.

N'importe quoi qui nomme l'amour, les regrets, le pardon de cette longue indifférence à son égard. Elle aurait même accepté que ne soit écrit qu'un mot, s'il avait été son prénom. Tout plutôt que ce dernier poignard égoïste. Ce bristol blanc. Glacé. Énigmatique. Sans signature.

« Pardon. Pour tout ».

Pour tout ? C'est quoi ce tout ? La colère a vite remplacé la déception. Renée est ulcérée. Autant par ce qu'elle vient de lire que de se découvrir encore à ce point atteinte.

L'enfant n'en finit-il jamais de vagir sur ses premières douleurs ? N'est-on jamais fait que de cela ? Du manque, de l'absence, des silences ? Pardon de quoi ? Qu'est-ce que sa mère peut bien avoir encore inventé pour se faire remarquer ? De quoi la prévient-elle ?

Aussitôt, Renée a tenté de joindre la maison de retraite, en vain. Elle s'est souvenue qu'on lui a laissé un message cette nuit. Trop malade pour y répondre. Trop épuisée ensuite pour s'en souvenir.

Il est plus de 8 heures quand elle l'écoute enfin. Une voix d'homme, hésitante, lui signifie le décès de sa mère. Puis il y a un blanc, l'homme doit chercher ses mots, elle l'entend se racler la gorge, continuer en bafouillant désespérément. Des explications confuses sur ce qui a pu se passer. La police fait son travail. Les corps seront mis à la disposition des familles plus tard. Ils font tout leur possible et blablabla et cætera.

Elle ne prend pas le temps d'écouter la suite. File sous la douche.

Simon a fini par s'endormir à 3 heures du matin, complètement ivre. Quand Audrey est sortie de la chambre d'Axelle, vers 7 heures, elle l'a trouvé, tout habillé, recroquevillé sur le canapé du salon. En le voyant ainsi, elle a bien failli le rejoindre pour se glisser contre lui. Qu'il lui fasse de la place et qu'elle sente ses bras se refermer sur elle. Elle s'est contentée de le regarder.

Elle aime le faire de temps en temps. C'est souvent ainsi qu'elle s'aperçoit qu'ils vieillissent tous les deux. Chez certaines personnes, ce sont les rides qui trahissent en premier. Audrey, par exemple, a l'impression de les voir s'agglutiner chaque jour davantage autour de ses yeux. Comme si, sur tout son visage, il n'y eut meilleur endroit. Chez Simon ce sont ses cheveux. Ils grisonnent. Cela a commencé sur les tempes puis derrière la tête. Aujourd'hui une mèche blanche lui barre carrément le front. Elle est envahie d'une énorme bouffée de tendresse. Audrey aime son mari, a confiance en lui et même s'il n'est pas parfait, elle croit en lui. Jusqu'à ce matin.

Car depuis hier, les épreuves s'intensifient et elle n'a aucune idée de comment il va réagir aujourd'hui. Même pour elle, la pilule est difficile à avaler.

D'abord cette tentative de suicide. Le 23 Décembre à 16 heures. Audrey n'est pas près de l'oublier. Axelle, sa propre fille, inconsciente en travers de la cuisine. Effet cumulé du gaz et du Lexomil. Les pompiers, les urgences. La nuit à son chevet. Un miracle qu'elle n'ait pas fait sauter tout l'immeuble. Une chance qu'ils soient arrivés à temps. Ils se sont couchés le 24 à l'aube, épuisés mais rassurés. Leur fille en sûreté, tirée d'affaire. Ils s'imaginaient bien que d'autres épreuves viendraient derrière. Même si Simon ne voulait pas entendre parler de psy.

L'important est qu'elle soit en vie.

Ils ne s'imaginaient pas être à l'aube d'un jour plus noir encore. D'heures plus violentes les unes que les autres.

À leur réveil, vers 14 heures, ils ont allumé la télévision. À 17h30, ils l'ont éteinte.

Certains que leur fille faisait partie des quinze morts et dix blessés que comptait l'attentat de l'hôpital Pasteur. Ils avaient dû attendre 23 heures pour apprendre qu'Axelle avait survécu : pronostic vital engagé. Ils avaient quitté l'hôpital dans un état second. Apathiques, démunis.

Simon s'était depuis réfugié dans l'alcool pendant qu'Audrey franchissait un sens interdit, sans retour possible.

Elle en avait plus appris sur sa fille en lisant son journal intime qu'en 16 ans de vie commune. Il lui fallait maintenant le partager avec Simon. Elle se surprit à prier qu'un troisième miracle leur soit offert.

Hôpital Saint Antoine

Hub veille. Sans rien ressentir. Toujours dans le noir. Le froid. Au milieu de la file d'attente. Ça n'en finit pas.

Le coma l'a happé. Il est en sursis.

Les médecins ont fait ce qu'ils ont pu, plutôt bien d'ailleurs. Mais sans miracle. La chair grillée laissera de vilaines marques. Pas sûr que le zig, s'il se réveille, endure de se regarder dans une glace.

Quand la marmite a explosé, il était en première ligne. Il y est encore. Momifié dans son souvenir. La mémoire est tenace. Hub n'a jamais su l'apprivoiser. Trente-trois ans qu'elle lui pourrit la vie. Il a tout essayé : l'alcool, la défonce, les médocs. Même la fuite. Du Sud au Nord. Rayer son passé, prendre un nouveau départ. Croire que de la distance naîtrait le chemin.

Un autre chemin.

À part lui, personne ne sait rien de son histoire et personne ne viendra la raconter.

À cet instant même, il n'est même plus Hub.

Juste un anonyme, un clodo, un SDF. Une victime, de plus ou de moins.

Qui sait qu'il est ici ? Et où précisément ?

Deux étages au-dessous, une femme se tient droite. Elle attend, grelottante, au bord des larmes. Elle est accompagnée d'un policier. Un homme pas très aimable et plutôt pressé. Il regarde sa montre toutes les trois secondes et son téléphone en continu. Déjà neuf minutes qu'ils patientent. Enfin elle, car lui trépigne en maugréant.

Sa pensée est simple « L'urgence est aux vivants, pas aux morts ». Et celui-là, quoi qu'en pense son chef, ne parlera plus. Quand bien même il y serait pour quelque chose dans l'attentat à la prison, ce n'est pas à sa veuve qu'il en aurait fait la confidence.

Sur le chemin, il lui a posé quelques questions, mine de rien. Sait-on jamais. Que son chef ne vienne pas, ensuite, lui reprocher qu'il ait loupé le coche. Elle lui a avoué, presque honteuse, qu'elle n'a pas revu Georges depuis le procès. Qu'à l'époque déjà ils ne se parlaient plus ou par avocat interposé.

Non, si elle a accepté de venir, c'est parce qu'on lui a dit qu'il était vivant. Elle a hésité. À quoi bon, depuis le temps. Puis elle a pensé à Sabrina, leur fille. Parce que c'est son père, tout de même. Sa seule famille. Georges n'avait plus personne autour de lui. Alors elle s'est décidée. Maintenant il est trop tard.

Le policier a compris à demi-mots qu'elle s'en faisait le reproche et, un bref instant, il a de la compassion pour elle. Une demi-heure plus tard, il n'en éprouve plus aucune. Se farcir un macchabée alors que la vermine court encore lui met les nerfs en pelote. Il est à deux doigts de laisser exploser sa colère lorsqu'on les appelle. Il prend sur lui pour ne pas brusquer la femme. Ce n'est plus l'affaire que de quelques minutes.

Bastien

Le flic a laissé Pierre « Chez la Mère Bravo » avec pour mission de rejoindre le squat de Belleville. Un flic là-bas, même en civil, se ferait rapidement repérer.

Ils y sont depuis hier et, à part le constat d'un immeuble en miettes et d'une poignée d'immigrés enchevêtrés dans ses décombres, personne n'a parlé et personne ne dira rien. Les flics sont bannis. S'il y a des rescapés, ils ont déjà dû être récupérés ailleurs ou ils se terrent. Préférant crever que de risquer un signalement.

« La Carpe » saura se fondre, sentir, glaner, faire parler les silences. Il a bien entendu le sien. Pourtant avec ce qui se passe, il croyait l'avoir relégué. Trois mois déjà. Avec sa Julie, il n'évoque plus le sujet.

Hier matin, pour la première fois depuis L., ils ont fait l'amour. Comme avant. Comme toujours. Il croyait s'en être tiré. Avoir raccroché les wagons. Faut croire que le sujet en question continue de planer. Une douleur en incubation, lancinante, fichée dans le cœur. Moins visible que sa « Jambe Pile » mais qui le rend tout aussi bancal.

Il devra s'y contraindre. Il a bien plus à faire aujourd'hui que de ressasser. Avec tous ces morts sur les bras, les médias aux basques, le chef de la sûreté sur le dos, le Ministre de l'Intérieur qui demande un compte-rendu toutes les demi-heures, le Président qui...

Sa petite misère au milieu d'un tel capharnaüm ne pèse pas lourd. Pourtant, elle lui plombe le moral. Depuis que « La Carpe » lui a refilé sa clope, en fait, et l'a percé à jour, comme ça, sans rien dire, juste avec sa foutue manie, son regard et ses silences.

Il faudrait qu'un jour il ait le courage de lui demander des explications. Une bonne fois pour toutes, que Pierre passe à table. Ils ont bossé quoi, six ou sept ans ensemble, c'est tout juste s'il sait où il habite. Pour le reste, que dalle. « La Carpe » est un vrai mutique, efficace, fin limier. Solitaire mais merde, ça suffit. Lui aussi a des secrets. Personne ne l'emmerde. Bastien ne lui dira rien du sien. Même s'il en crève. Même s'il a mal.

Quand il pénètre au « 36 », sa colère n'est pas retombée. D'ailleurs tout le monde la subit depuis trois mois sans broncher.

Il n'y a que « La Virgule » à ne pas se rendre compte qu'elle l'habite en permanence. Il ne sait pas encore que les silences sont des bombes à retardement. Qu'il est près d'imploser. Et que cette enquête va le mettre à genoux.

Pierre

De « Chez la Mère Bravo » à Belleville, Pierre prend son temps, marche sans hâte. Boulevard de Sébastopol, c'est la débâcle.

C'est un 25 décembre, gris et froid, sans lumière. Inhabité, déserté, déshumanisé.

De rares voitures, aucun bus, pas un taxi. Rideaux de fer sur les grandes enseignes. Pire que ce matin à l'aube.

Au ras du sol, ce n'est que bitume sans âme. À l'horizon, de longues avenues grises. Il faut lever la tête pour voir briller des lumières aux fenêtres des immeubles. Là où souvent, en transparence, vient se réfléchir une lueur bleue, cathode artificielle.

Pierre imagine des milliers de regards pointés dans la même direction : radio, ordinateur, poste de télévision, tablette, téléphone. Loin de l'arbre de Noël aux guirlandes éteintes, alourdi de cadeaux encore enrubannés. En repli, les hommes protègent leur bulle. Supra connectés à l'information virtuelle. Terrorisés peut-être. Vaincus dans leur courage par les milliers d'images diffusées en boucle et les recommandations gouvernementales qui appellent au sang-froid et recommandent de rester chez soi. Pour eux, le chaos est encore là, à l'extérieur, dans Paris.

Pour Pierre qui longe les façades emmurées sur elles-mêmes, le chaos est à l'intérieur, tapi derrière chaque porte. Paris est un poumon asphyxié, claquemuré, fermé à triple tour. Chaînette de sécurité en sus.

Un cœur rétracté, pulsant lentement mais insidieusement la peur et bientôt le désir de vengeance. Violence punitive, pour l'instant en sourdine, qui ne tarde jamais à remplacer la compassion de la première heure et l'apitoiement des suivantes.

Il ne se sent ni pire ni meilleur. Juste un peu décalé. Il a encore ce pouvoir que le peuple français rechigne à prendre. Celui d'agir, là, tout de suite. De rentrer dans la bataille, d'user sa tristesse dans la traque, de souder ses forces à ceux qui voudront comprendre avant de juger.

Car, dans cet enchaînement meurtrier, un message est en train de s'écrire. Il va falloir le décoder pour en appréhender la ou les têtes pensantes. Nul ne sait, d'après ce que lui a confié Bastien. Toute la stratégie dépendra de l'équation : tous pour un ou chacun pour soi.

Un seul homme à la tête de ce jeu de domino cruel, manipulant des complices ou six hommes, indépendants les uns des autres, œuvrant pour leur propre cause ?

Pierre se souvient des mots de Bastien :

- « La balance penche déjà. On n'a pas fini de compter les morts que les paris sont pris. Et tu sais quoi, raille-t-il, c'est la logique qui l'emporte. Un mec, un seul, composé de six bras armés. Son but : dézinguer les minorités, ces branches malades de l'humanité. Voyous, clodos, immigrés, vieux, malades, handicapés. Tous inutiles à la société et qui coûtent cher. Il orchestre un feu d'artifice minuté à la seconde près ou presque. Sauf que, et c'est là où les partisans de la seconde option font mouche : comment expliquer qu'il n'y ait aucune revendication ? Une signature identique ? Un message laissé quelque part ? Pas une vidéo postée sur Internet. J'ai des mecs qui ont bossé toute la nuit, à scruter les sites les plus radicaux. Nib. Que dalle ! En même temps, comment t'expliques que six individus que rien ne lie pètent les plombs, le même jour à une heure d'intervalle, dans six endroits différents ? Hein, comment ? »

Ce à quoi Pierre n'avait rien répondu.

Et que « l'Inclus » en lui avait tu.

Avenue Secrétan

Ils s'offrent un gigantesque petit déjeuner. Zébulon n'a pas lésiné sur l'abondance. La table regorge de viennoiseries, pain, beurre salé, confitures, fromage, œufs, tranches de lard, saucisses, d'une coupe de fruits frais.

Sa générosité est à l'image de son soulagement.

Il regarde Bruce et César dévorer avec appétit. Enfin debout, ragaillardis, vivants.

Le temps que durent ces agapes, ils en oublient le contexte. La peur, leur nuit de défaite et même Lili. Zébulon a mis son écran XXL en sourdine, baissé à demi le rideau de fer et relégué les habitués au zinc avec une tournée gratuite. Un étrange silence règne dans le bar, quasi religieux. Chacun perdu dans ses pensées, à s'enfiler café, bières et/ou vins, à fixer l'écran muet aux images apocalyptiques.

Une configuration bien inhabituelle et triste pour un 25 décembre. Seul Zébulon s'active. Soucieux que chaque verre soit rempli et que Bruce et César ne manquent de rien. Ces deux-là finissent d'engloutir leur repas, concentrés, imperturbables. Il semblerait que rien ne puisse les arrêter. La mastication automatique, pilotée par un impétueux besoin, celui de se remplir jusqu'à réplétion.

Quand ils relèvent la tête, repus, une dizaine de paires d'yeux convergent dans leur direction. Ils restent ainsi quelques secondes à s'observer mutuellement avant que Zébulon n'éclate de rire, entraînant tout le monde avec lui. L'apnée de cette matinée prend fin. L'énergie de vie reprend sa place et les commentaires fusent lorsque Zébulon prend la télécommande pour augmenter le son. Le monde bruit de nouveau. Sans pitié.

Il s'ensuit un ardent brouhaha auquel il participe un instant avant de rejoindre Bruce et César, encore à table, en pleine conversation.

-    « On va y aller, dit César. Ensemble, maintenant et on va la retrouver, j'en suis sûr... Allez, viens, suis-moi. »

Aussitôt dit, aussitôt fait. César se lève - frôle Zébulon d'un mouvement d'épaule suivi d'un clin d'œil, lequel admet ce geste comme un accord tacite à ce qui les tracasse - et embarque Bruce d'une pression sur l'épaule. Leur sortie se fait dans un silence soudé. Chaque client du bar s'étant interrompu et redressé comme pour signifier une haie d'honneur à ce géant black et à ce gringalet blanc, unis dans un même courage.

Un courage qu'ils ont éclusé il y a bien longtemps en ne franchissant plus que le repaire de Zébulon et sur le dos duquel ils parient déjà la prochaine tournée.

Rue de Tolbiac

Impossible de le porter. Impossible de trouver un taxi. *Exit* le métro.

Je n'avais guère le choix. J'ai tenté un SMS. Elle a répondu aussitôt. Le trajet s'est fait en silence. J'ai fait mine de dormir. C'était facile. J'avais ma tête des mauvais jours. Elle n'a posé aucune question.

Vingt minutes plus tard, elle me déposait en bas de chez moi. J'ai murmuré un « Merci » de circonstance puis j'ai filé sans attendre de réponse. Je savais que c'était puéril. Qu'il ne m'aurait fallu qu'un battement cil pour tout alléger. Je n'ai pas pu, ni su. J'ai couché Py dans sa chambre. À peine s'il a ouvert les yeux.

J'ai vu qu'ils étaient encore rouges ; la fumée lui avait dévoré la rétine.

Il s'est accroché à moi un instant. J'ai cru qu'il allait me parler. Non. Il s'est rendormi aussitôt. Je suis resté à le contempler. En proie à mille questions débiles. Les mêmes depuis toujours. Depuis que j'étais devenu son seul parent. Sa seule ressource.

Je suis sorti de la chambre comme un zombie. Tiraillé entre les larmes et la rage. Sasha me manquait. Mes parents me manquaient. Le temps, l'envie, la force me manquaient. J'ai titubé jusqu'au salon et j'ai allumé la télé. Depuis, je n'ai pas bougé.

Rue René Blum

Elle aurait dû s'en douter. Les charognards.

Étonnant qu'elle ne les ait pas trouvés au pied de son immeuble.

Ici, ils étaient aux premières loges. Les proies venaient à eux. Ils n'avaient plus qu'à se servir.

La résidence conservait en son sein quelques VIP dont ils feraient leurs choux gras. Les tabloïds allaient s'enflammer. Il leur suffisait d'une seule photo, d'un commentaire récolté la larme à l'œil et ce serait une « première de couv' » à trois zéros avant la virgule. Inutile qu'elle essaie d'esquiver, les flashs crépitaient déjà.

Un service d'ordre faisait barrage. Elle n'eut qu'à dédaigner les micros et baisser un peu la tête. Elle en serait quitte pour sa réputation déjà bien entamée. La fille aigrie de la célèbre violoncelliste qui ne leur accordait jamais la moindre interview.

Tant pis. Son éditeur ferait la gueule. Ses livres se vendraient quand même. Elle devait sa réussite aux lecteurs. Pas à sa mère.

Chacun son public !

Elle laissa ses considérations vénéneuses à l'instant où elle pénétra dans l'établissement. C'était la première fois qu'elle venait et même si elle se doutait du haut niveau de standing, elle fut tout de même surprise.

L'architecte avait misé sur les volumes. De grandes baies vitrées, des tons sobres, des lignes pures. Qui, pourtant, ne firent pas l'effet escompté.

Une odeur maligne vint lui chatouiller les narines. Elle plombait sérieusement l'ambiance. Dix vieux avaient trépassé, à l'heure du goûter, la veille, et même si le personnel avait été efficace à évacuer les lieux en tentant de remettre un semblant d'ordre, il planait encore un parfum âcre et dangereusement émétique.

Elle s'efforça de contenir sa gêne, ce que ne put simuler l'officier de Police qui l'accompagnait depuis le premier cordon de sécurité.

Il mima un gratouillis nasal tout en s'excusant d'être un peu enrhumé et repartit aussitôt qu'une hôtesse l'eut prise en charge.

Rue de Belleville

Au coin de la rue, Pierre s'est arrêté. Il s'offre une vision d'ensemble. Droit devant, un angle de

45 degrés. D'un côté la foule, de l'autre une montagne grise.

Il voit la frontière ou plutôt il la ressent. Les vivants et les morts. Même si chez les morts, des ombres se faufilent d'entre les décombres.

La ligne de démarcation est nette. Un ruban jaune. Qui immobilise chacune des parties dans son coin. Les hommes sont figés. Les uns dans le sursis, les autres sous le béton. La mort n'est qu'une question de temps. Et comme elle ne peut être partout à la fois, il en réchappe toujours un survivant.

Pierre le pressent. Il n'a eu qu'à fermer les yeux, rester debout, écouter. Ses doigts sont déjà à l'ouvrage. Un murmure s'amplifie et la vision de Pierre s'échappe.

Au loin, les rangs se resserrent. Les caméras se déhanchent. Il y a du nouveau sur le champ de ruines. Un énième cadavre. Aussitôt recouvert d'un drap blanc, glissé sur une civière et emporté sous la grande tente militaire. Premier lieu de sépulture où officie le médecin légiste, Serge Pardon. Un homme d'une cinquantaine d'années, cynique et désabusé, au discours controversé mais invariable « Mort sur le coup. A voté ».

Pierre s'est rapproché du lieu d'impact.

Il se mêle à la foule.

Attend.

Il n'a jamais eu d'autres stratégies.

La patience est un art subtil. Qui demande une profonde concentration, de la logique, un sixième sens et beaucoup de tact. Car attendre ne suffit pas. Il faut savoir qui et où.

Qui ? Pierre n'en a aucune idée. Un survivant, un terroriste ? Il ne s'est même pas encore décidé à opter pour le « Tous pour un ou chacun pour soi » de Bastien.

Où ? Ça, Pierre le sait. Aussi, il ne bouge pas.

Rue Dénoyez

Impossible de s'approcher.

Le lieu grouillait de flics, d'hommes en blouse blanche, de pompiers, de civières, de gyrophares. Et de badauds.

La rubalise contenait ces derniers d'un côté. Qui regardaient dans un silence de plomb s'agiter des hommes fatigués, empoussiérés, bouleversés. L'un d'eux venait de lever le bras. Un signe pour prévenir d'une découverte. Son regard trahissait une extrême lassitude. Un cadavre de plus ou une partie seulement ?

Là était toute l'horreur de la situation. Des hommes, des femmes et même des enfants sortis par petits bouts. Démembrés. Désarticulés. Déshumanisés. Qui allait les reconnaître ?

Ils n'avaient déjà plus d'identité, de pays, de nom. Ils perdaient en plus la toute dernière dignité qui leur restait, celle d'un visage qui témoignerait qu'un jour ils avaient souri, aimé, vécu. Un regard unique sur l'humanité qu'une ultime barbarie avait à tout jamais défiguré.

De quel côté qu'on soit, chacun retenait son souffle, suffoqué. Les pompiers, secouristes, militaires en avaient déjà délogés vingt-quatre depuis hier dont deux bébés. Jusqu'à ce matin, aucun n'avait survécu.

Pour Bruce, en retrait, c'était plus qu'il ne pouvait en supporter.

Il avait laissé César s'approcher seul. Les dizaines de caméras de télévision qu'il avait repérées lui faisaient peur. Son visage ne devait en aucun cas apparaître nulle part.

Qu'on le croie mort pouvait être sa chance. Même si sans Lili cette chance avait un goût de cendres. Une odeur de sang.

À la seule évocation de son prénom, il pleura. Il pleurait encore lorsque César vint le rejoindre.

36, quai des Orfèvres

Sa libido lui déclarait la guerre.

Elle était apparue en pleine réunion. Alors qu'ils étaient tous debout, les yeux tapissés d'images de morts et d'une carte de Paris rayée à l'encre noire. Une érection brutale, violente, rageuse, hostile.

Il avait eu un temps d'arrêt. Pétrifié. Certain que tous les yeux autour de lui fixaient sa braguette. Il avait chancelé, sa « Jambe Pile » se dérobant sous sa honte.

Ses gars l'avaient rattrapé de justesse. Ils avaient glissé une chaise sous ses fesses et après maintes dénégations de sa part, l'avaient encouragé à rentrer chez lui.

Il était encore le seul à ne pas avoir décroché. Plus de trente heures qu'il était sur le pont. Il fallait qu'il se ménage. Son retour au « 36 » ne datait que de trois mois. Et vu la pression énorme qui pesait sur ses épaules depuis hier, il avait capitulé, soulagé.

Durant le trajet, il avait ressassé son déshonneur, coupable et hébété.

Il avait envoyé un message nébuleux à sa Julie. Disant qu'il avait besoin d'elle. Lui demandant s'ils pouvaient se retrouver… Bientôt ?

Elle avait répondu aussitôt. Elle-même venait d'arriver à la maison.

Dix minutes plus tard, alors qu'elle sortait de la salle de bain, il se jeta sur elle. Affamé. Tremblant. Comme fou.

Ils firent l'amour deux fois.

La première, sans égard l'un pour l'autre, aussi sauvagement qu'hier à l'aube. Chacun dans l'urgence de ses besoins. Cherchant dans l'autre de quoi rassasier sa faim, sa trouille, ses creux, leur absence réciproque.

Il voulut la prendre contre le lavabo, elle se cambra, le laissa venir et avant qu'il jouisse, le repoussa. Il tomba sur le tapis de la salle de bain et elle se rua sur lui, le chevauchant sans vergogne.

Ils jouirent rapidement, sans un mot, les yeux fermés.

La seconde, ils prirent le temps et osèrent ce qui n'était plus arrivé depuis des semaines.

Ils se regardèrent.

Le visage baigné de larmes, silencieux, ils s'effleurèrent du regard. Presque aussi timides qu'au premier jour, leurs âmes se frôlaient enfin. Leur peau, leurs mains, leur salive reprenaient contact. Ils dansèrent ainsi, longtemps, sensuellement, profondément.

L'ébauche d'un sourire chez Julie scella cette nouvelle rencontre et Bastien entendit battre son cœur jusque dans chacune de ses pulsations. Émus, leurs pleurs redoublèrent, aussitôt suivis d'un éclat de rire qui mit fin à leurs ébats.

L'énergie de mort venait de rompre sa digue. La vie triomphait. C'est ce que tenta d'expliquer Julie à Bastien quand il osa, un peu plus tard, lui raconter sa fuite.

« Pas étonnant que tu aies envie de « baiser le monde entier » comme tu dis, si élégamment. Dans les jours qui viennent, tu ne vas pas être le seul. Une réaction instinctive de survie. Besoin de biaiser la mort, la peur. De dévier l'épée de Damoclès qui nous a tous tenus en alerte. Une compensation à ces heures cauchemardesques. Sorte de catharsis. Comme après-guerre.

Le Baby-boom est né d'un soulagement monumental. D'une pulsion de vie qui, enfin, reprenait ses droits. C'est juste que toi, là, - elle avait tapoté son sexe avec tendresse - tu as été un tout petit peu plus rapide que les autres. Avec ce que t'encaisses depuis hier, en première ligne, ce n'est pas étonnant. Tu avais juste besoin de te prouver que tu es bien vivant ».

Elle n'avait pas poursuivi sa phrase. Le silence était revenu habiter leurs vieux démons. Il avait entendu et conclu tout seul « ...et moi aussi ». Il faudrait du temps, encore un peu, avant de parler d'eux et de L. et d'il y a trois mois.

Du temps et beaucoup d'amour.

> *« Je pense que le Diable*
> *N'a plus rien à faire sur terre.*
> *L'humain le remplace très bien ».*
> Anonyme.

Point de rencontre

Le monde bruit en permanence. Le silence n'est pas dupe. S'il feint de ne pas entendre son plus lointain murmure, il en garde la mémoire.

C'est ainsi qu'on croit rencontrer une personne et que notre âme la reconnaît.

Il n'existe au monde qu'un silence parfait. Celui d'un regard qui plonge dans le vôtre.

À cet instant, tout cesse. Le vrai langage naît d'un abîme de temps et de valeurs. Il devient énergie. César l'a appris, à son corps défendant parfois.

Il existe des connexions dont on se passerait bien. Comme cet « Alpha », hier matin.

Et d'autres qui nous sauvent d'en payer le prix. Comme aujourd'hui.

L'homme est à moins de cent mètres. César le regarde ; il vient de se rouler une cigarette. Étrangement, il ne la fume pas.

Il scrute ses semblables, placide. Semble attendre. César l'a reconnu immédiatement. Fidèle à la vision de son rêve. À l'espoir de sa demande.

Bruce a retrouvé son calme aussitôt.

Distribution des énergies.

Gratitude des connexions.

L'instant est parfait. Alors, pour la première fois depuis deux jours, César sourit.

Et l'homme le dévisage.

Salle de réveil

Le problème avec le silence est qu'il sert souvent d'amnésie à ce qui ne va pas. Et ce qui n'allait pas chez Axelle était justement le silence. Un tel génie dans l'absurde peut rendre fou ou pousser au suicide.

Axelle avait choisi : mourir.

Parce qu'elle n'avait plus rien à dire ou trop. Il valait mieux l'oubli. À présent, elle n'en est plus vraiment sûre. Sa colère est passée.

Peut-être, qu'après tout, ils ont eu raison.

Elle entend sa mère renifler. Elle a dû en chier des ronds de chapeau si, comme elle le répète à Simon, elle a lu tout ce qui était dans son journal. Elle l'entend qui tousse. Il doit être mal à l'aise. Sa fille, lesbienne. Et suicidaire. Pourtant il ne part pas. Elle l'entend même se rapprocher. Sa mère vient de lui prendre la main.

C'est confortable d'être dans sa position et de les entendre essayer de démêler la pelote. On dirait qu'ainsi ce sont eux qui portent ses chagrins. C'est fou ce qu'elle se sent légère.

Même penser à H. ne lui fait plus rien. Elle a lu quelque part « qu'on n'arrête pas d'aimer les roses parce qu'une seule vous a piqué ». Elle n'y croyait pas. Pure et dure qu'elle était dans son obsession. Mais c'est vrai. C'est foutrement vrai. Si elle le pouvait, elle en sauterait de joie.

Renée

La filiation est un enjeu.

Qu'on en soit conscient ou pas, elle porte en elle le destin supposé de chaque nouvelle vie. Fuyez à l'autre bout du monde, elle vous rattrapera toujours. Elle pulse la vie bien avant d'avoir émis le premier cri, bien avant soi. Il faut du temps, parfois plusieurs générations pour s'y soustraire. Parfois pas. Parfois c'est ainsi sans qu'on n'y puisse rien. Elle ne tient pourtant qu'à un mot. Un seul.

Que l'on soit de ceux qui disent « maman » ou « mère » ou « génitrice », ou pire encore, « matrice ». Cela fonctionne aussi bien au masculin. « Papa », « Père », « Géniteur », « Reproducteur »

Ou que l'on soit de ceux qui ne disent jamais rien. Qui n'appellent pas. N'appelleront jamais. Ceux-là ont un secret. Un secret qui n'en finira jamais de se taire parce qu'il n'existe aucun mot idoine pour le révéler. Il bout en eux comme un volcan jamais tout à fait éteint. Soude leur force, brûle leurs entrailles, piétine leur rêve, tournoie en cauchemar.

Ceux-là s'interdisent tout avenir puisque leur présent n'est qu'un perpétuel passé, un fantôme, une chimère, une légende.

Ils deviennent parfois de grands artistes ou de parfaits psychopathes. Parfois rien du tout, des errants, des quelconques.

Renée était de ceux-là. Une « artiste-errante » qui avait su calmer ses angoisses à chaque roman. Pour chaque histoire, elle avait su s'inventer un personnage, un costume, une autre vie. Une identité. Elle les enchaînait. Renonçant à la précédente dès qu'une nouvelle apparaissait.

Volant de vie en vie.

En pénétrant la chambre de sa mère, elle comprit que cette fois-ci, le subterfuge ne fonctionnerait pas.

Personne ne pleurerait à sa place. Il n'y avait qu'elle. Et les souvenirs de sa mère. Dont aucune photo sur les murs ne montrait qu'elle en ait jamais fait partie.

Zébulon

Bon d'accord, ce n'est qu'un demi F.C.P. Mais tout de même ! Un privé chez lui, ex-flic. Si on lui avait dit ça.

Il a grogné et le gamin a franchement rigolé.

Dichotomie entre l'hier et l'aujourd'hui.

Il suffit que César se ramène avec ce type et le voilà de nouveau avec sa bouille « de ravi de la crèche ». Comme si tout allait bien. Merci les « Bisounours ». Tout est peinard dans le meilleur des mondes possibles. Il l'a quand même pris en aparté. Histoire de… a vite capitulé.

Il faut parfois savoir lâcher du lest, si César est sûr de son coup. Faut dire aussi que les yeux du type l'ont bien mis KO. Zébulon sait reconnaître quand il ne fait pas le poids. Il a perçu chez Pierre le même regard que chez César. Plus incisif peut-être, plus pénétrant et curieux mais la même étincelle. Cette histoire de bienveillance.

Lui est revenue en mémoire la dernière idée qu'il a eue tard dans la nuit. Une page est en train de se tourner et même s'il n'y a rien d'écrit sur la prochaine, il est prêt à prendre le pari.

Surtout si ce mec peut aider Bruce à retrouver sa Lili. Faut savoir faire des compromis, parfois. Que sa taverne serve de QG et ainsi il les tiendra à l'œil.

La chambre

La chambre de sa mère ne lui apprend rien qu'elle ne sache déjà. La pièce est un culte à sa carrière. Droite, austère, sans fioritures. Carrée, précise. Alignée. Sans fausse note.

Des dizaines de photos encadrées recouvrent chaque millimètre de mur. Son premier diplôme du conservatoire et les suivants. Des distinctions.

Un tableau d'honneur.

À droite du lit, son violoncelle, ses partitions, son chevalet. À gauche, une armoire avec ses tenues de gala. En face, une commode où deux tiroirs sur trois renferment des milliers d'articles de presse regroupés en albums.

Coincés dans l'angle de la fenêtre, une tour entière de CD ainsi que de vieilles cassettes et des DVD. Tous de grands compositeurs. Certains même dont elle est l'interprète. La Soliste.

Deux étagères avec des figurines en or ou en argent à l'effigie de la musique. Une collection amassée au fil des ans, partout dans le monde, souvent des cadeaux de ses admirateurs.

En vérité, un immense musée à sa gloire.

Renée balaye tout cela d'un regard, en moins d'un quart d'heure. Minutes trop longues. Toutes de trop ! À se demander ce qu'elle est venue chercher. Ce qu'elle espérait trouver.

Cependant, confrontée à l'évidence, elle éprouve, en refermant la porte et en quittant l'établissement, un immense soulagement. Une certaine légèreté. L'idée la frappe qu'elle possède là, un superbe personnage. Un contre-héros à disséquer, en toute impunité.

Le roman de sa vie, très certainement.

Triangulaire

Il y a un temps pour le silence, un autre pour l'action. Ces trois-là le savent mais continuent à retenir les chiens.

Ils ont développé une endurance de Titan.

Pierre par stratégie.

César par habitude.

Bruce par peur.

Cette espèce d'aimant magique qui les a fait se reconnaître est en train de s'enrayer à force de tourner autour du pot.

Bruce ne démord pas de son silence. Il laisse César faire tout le boulot. C'est-à-dire aborder la partie visible de l'iceberg.

111

À savoir les attentats en général, donc le squat, donc Lili. Pierre a avoué que c'est justement là le but de sa présence. Il n'est qu'un sous-marin, cherche des infos, pas des coupables.

César l'a cru. Résolument confiant.

Que Bruce refuse encore de parler le met cependant mal à l'aise.

Il joue le tampon entre Pierre et lui. La stratégie du privé « je ne te lâche pas du regard » ne fonctionne pas avec Bruce. Elle renforce au contraire son mutisme.

César sent l'inquiétude de ce dernier se déployer à hauteur de sa stature et de tous ses secrets qui le retiennent prisonnier.

« La Carpe », flegmatique, en a profité pour rouler deux cigarettes d'affilée. Ce qui, avec celle du squat, fait trois. Il est en train de les aligner, parfaitement côte à côte, sur la table. Il les regarde un long moment puis, comme s'il était mécontent, les reprend, s'essaie à les mettre l'une derrière l'autre, ré-attend, les regarde et finalement les agence en triangle. Quand il relève la tête, satisfait, son téléphone sonne. Il a opéré comme si plus rien d'autre n'existait. Royalement impavide. Absent à César et Bruce qui l'ont regardé agir, hypnotisés et qui le regardent s'éloigner à présent avec inquiétude.

Drugstore Publicis

L'homme qui lui fait face est laid. Disproportionné. Et probablement malade.

Un visage osseux, carré, buriné par le soleil, constellé de lentigos, plissé de rides, offrant un palmarès de cicatrices impressionnantes. La plus longue creuse sa joue du haut de l'œil gauche jusqu'à la commissure des lèvres. D'autres, disséminées jusque dans son cou, zèbrent sa peau de taches sombres.

Le corps malingre semble rongé par l'épuisement d'avoir dû porter pareille tête et pareilles mains. Larges et fortes comme des battoirs, elles témoignent d'une masse corporelle qui a dû être puissante, voire dangereuse.

Tout, dans son attitude, trahit sa fin. La pâleur de son visage. Son regard exorbité. La sueur sur son front. Le tremblement de ses doigts. L'urgence qu'il a invoquée de la rencontrer.

Et surtout le besoin qu'il a qu'elle le raconte.

Cet homme va mourir.

Ses yeux injectés de sang la fixent depuis un bon quart d'heure, sans sourciller.

C'est à celui qui craquera le premier.

Nul doute qu'il pense que ce sera elle.

Son avantage tient à tout ce qu'il sait et qu'elle crève d'impatience d'apprendre.

Sa liste de questions frise l'insolence, la provocation et le dégoût, pourtant elle se retient d'en poser ne serait-ce qu'une. Elle peut faire l'effort d'attendre encore. Il ne l'a pas choisie par hasard.

Son email, reçu en pleine nuit, lu à l'aube, en est la preuve. Peu de gens connaissent cette adresse, elle ne l'utilise que pour protéger ses sources. Il sait qu'ils sont tous sur la brèche pour couvrir les attentats et il n'a montré aucune hésitation à croire qu'elle, Isabelle, allait tout plaquer pour le rejoindre.

Ici, en plein Paris. Le jour de Noël. En plein merdier. Au milieu des touristes choqués et des hommes d'affaires imperturbables. Comme s'il n'était pas l'homme le plus recherché du monde.

De fait, pense-t-elle, il ne l'est pas. Pas encore. Il est le point d'interrogation d'une foule de gens qui ne savent même pas s'il existe une réponse.

Attablé devant un café, il continue à la dévisager en silence. Une enveloppe posée devant lui. De couleur crème, elle porte une inscription tapée à la machine « Sous X ».

En la plaçant juste devant elle, il a piqué sa curiosité au vif. Combien de personnes à notre époque utilisent encore une machine à écrire ?

L'impression est nette, propre, presque solennelle. Un peu comme ce qu'il a dû être : droit, arrogant, efficace, sans fioritures. Et sans âme.

Tous les attributs d'un parfait psychopathe, conclut-elle intérieurement.

Pourtant, elle est venue. Sans avoir averti personne. Elle est là, face à lui. De glace, sans peur, pétrie de curiosité. Impassible et secrètement avide. C'est l'une, pour ne pas dire LA raison, qui lui vaut ce privilège. Sa réputation la précède. Il peut compter sur sa discrétion. Le secret professionnel et la protection des sources ne sont pas de vains concepts.

De son métier comme de celui de l'homme ? Son email orientait déjà son interprétation du personnage. Au moins à 90%.

Rencontrer celui que personne ne connaît mais que chacun redoute. Le scoop de sa vie ! Pulitzer, me voilà !

En la contactant, elle a compris qu'il avait l'air de la connaître assez pour savoir que même un bâillon sur les yeux, elle y serait allée.

Une bonne journaliste doit savoir prendre des risques. Isabelle Brunier-Nathan qui signe IBN ses articles, a assez bourlingué pour oser celui-ci.

C'est un vieillard en fin de vie. Elle ne risque rien. Quoi qu'il ait fait, il ne le fera plus.

Elle le sait. Il est aux abois.

Du temps, de la maladie, de la vieillesse.

Et surtout, de la mort.

Renée

Elle rentre presque guillerette. Impatiente. Volubile en elle-même. Totalement déconnectée de la réalité. Déjà en compétition avec les premiers mots. Une trame façon polar qu'elle voit se découper en chapitres sanglants et un titre qui s'est imposé tout seul :

« Un trop grand silence ».

Celui que chacun porte en soi, ankylosé de non-dits.

Celui des secrets qui poussent les gens à bout et leur font péter les plombs.

Celui de l'absence, de la douleur et des ras-le-bol.

Celui qui flingue l'empathie et vitriole l'amour. Celui de la justice et des vérités que l'on se doit. Celui de la haine reçue en héritage.

D'un archet aux accords discordants et d'une partition aux notes trop de fois biffées.

Renée exulte. L'excitation l'a portée tout le trajet. Mettant à distance sa nuit blanche, les rues vides, le court-circuit qui plonge Paris dans le noir depuis hier. Elle se voit déjà assise à son bureau, sa fièvre créatrice à l'œuvre.

Pourtant, dès qu'elle ouvre la porte de son appartement, au dernier étage du 3 de l'avenue d'Eylau, la fatigue lui tombe dessus.

Une lassitude aussi triste et ennuyeuse qu'une balle de golf perdue dans un désert blanc.

L'image s'impose à elle quand elle s'affale sur son canapé. Une plage de sable blanc, un roulement lent et une fusion de la balle qui continue sa course jusqu'à disparaître. Alors elle s'endort et dans son rêve, un bruit comme une sonnette d'alarme se déclenche. Il est 12h33.

Rupture

Quand le téléphone de Pierre a sonné et qu'il s'est éclipsé pour répondre en laissant sa pyramide bien en vue, Bruce a compris. À ce moment-là, il aurait pu baisser les bras, rompre le pacte. Parler. Il a choisi de soutenir le regard de Pierre. Comme s'il lui lançait un défi. Comme si ce n'était pas encore la fin et qu'il restait un espoir.

Il a lentement avancé sa main droite vers le triangle, s'est saisi d'une des trois roulées, l'a glissée entre ses lèvres et, nonchalamment, l'a allumée. Les deux hommes ne se quittaient pas du regard. Sur la table, ne restaient plus que deux cigarettes. Elles formaient désormais un L.

Lili a surgi dans une volute grise. César a ravalé un cri et Pierre a grimacé, tristement.

Bruce s'est alors raidi.

César a pressenti le geste qui allait suivre.

Un déluge de larmes lui a empli le crâne et la souffrance de son ami s'est déversée en lui aussi impitoyablement que ce matin.

Bruce était comme figé. Le regard fixe, d'une immobilité marmoréenne. Puis soudainement, il a explosé. César n'a pas cherché à arrêter le poing du géant qui est venu s'écraser brutalement pour briser les verres. La bière s'est répandue instantanément, noyant sa dernière espérance. Puis il a repoussé la table avec fracas et s'est enfui. La mousse finissait à peine de mourir en bulles dérisoires que César s'élançait pour le rattraper.

Zébulon avait rappliqué, retenant Pierre par la manche. Il était temps d'intervenir.

Pont d'Iéna

« Le salaud. Le putain d'enfant de salaud ». Elle est grillée. Dans une merde noire. Totalement à sa merci. Est-ce qu'elle a le choix maintenant ?

Non. Bien sûr que non. Que ce mec soit le diable en personne ne la disculperait pas pour

117

autant. Isabelle regarde l'homme. Elle s'est bien fait avoir. Il n'a plus l'air si vieux, ni malade, ni au bord de la rupture. Elle, oui !

Elle le fusille du regard, les neurones en effervescence. Elle doit penser vite. Trouver une solution. Ne surtout pas lui donner l'impression qu'elle perd les pédales.

Évidemment, il y a, à présent entre eux, cette foutue enveloppe. Il l'a glissée devant elle au terme d'un long silence au bout duquel elle avait à peine murmuré « Alors ? ». Victoire de l'homme. C'est elle qui a craqué la première, bravache, et bêtement impatiente, lui offrant bien plus qu'un avantage, une mise à mort.

23 Août 2014 - 18h08. Pont d'Iéna.

Un homme, 55 ans, seul au volant d'une berline noire. 18h09. Un jeune garçon définitivement mort.

L'un s'appelait Georges Brimbant, l'autre Quentin Brunier-Nathan.

Vous en souvenez-vous ? Entre les deux, un mauvais *timing*. Concours de circonstances ? Fatalité ? L'homme aveuglé donne un coup de volant. Fauche l'enfant. Il prend trois ans ferme.

Vous en souvenez-vous ?

Deuxième victoire de l'homme. En la lisant, son visage s'est explicitement décomposé. Certes elle s'est ressaisie mais trop tard. Ils s'affrontent de nouveau du regard. Elle doit reprendre la main.

Elle a pour elle 30 ans de métier et plus d'un tour dans son sac. Qui ne lui servent à rien.

Quentin mort, elle s'est acharnée sur le pauvre type. Pour une fois que son métier servait ses intérêts. Mais ce n'était qu'un banal fait divers. Un de plus. On était en plein Neyret-Valls, Strauss-Kahn. Bientôt Charlie Hebdo. Du lourd !

Son histoire ne faisait pas le poids.

Elle avait sorti les crocs. Ailleurs. Autrement. Coulant sa vengeance dans une plume vindicative. Ça n'avait pas suffi. Qu'est-ce qui peut suffire quand un enfant meurt ? Que c'est le sien. Qu'il est l'unique. Quentin n'avait que 17 ans. Aucune logique à ce qu'elle soit encore là. Vivante. À terre toutes les nuits. Éventrée à chaque nouvelle aube. Elle avait fantasmé mille fois sa mort. Celle de l'homme aussi, ce « Georges Brimbant ». Priant pour qu'un Dieu l'entende, l'exauce, lui donne du courage. Et Il l'avait entendue. Presque un an et demi après. Réincarné en Diable.

Test

Le meilleur moyen de savoir ce qu'un type a dans le bide, c'est de l'asseoir à un comptoir et d'attendre.

Jusqu'à maintenant, le privé n'a pas dérapé.

Il écoute, impassible, les commentaires des uns, les tirades des autres. Parfois, il hoche la tête, tout en continuant de laper sa bière tranquillement. Il picore, pas fine gueule pour un sou, chips, cacahuètes, olives, saucisson, les yeux rivés sur son portable ou sur l'écran XXL.

Zébulon a baissé le son. C'est à peu près la même chose depuis ce matin. Des images choc et des promesses à n'en plus finir. Des numéros d'urgence, des numéros verts.

Un pôle d'identification des victimes vient d'être créé au sein de la cellule de crise du parquet de Paris. Ainsi que quatre lieux ouverts pour prévenir les séquelles psychiques des victimes.

Le gouvernement appelle à la modération sur les réseaux sociaux et retire systématiquement toutes les vidéos sur You Tube et Instagram.

Les manifestations culturelles sont annulées et la sécurité renforcée. L'identité des victimes est progressivement dévoilée.

Rien sur le tireur fou.

Toujours aucune revendication. Secret défense ou bilan zéro ? Pour l'instant, l'information passe à la trappe. Le privé n'a toujours pas bougé de son siège. Zébulon en conclut donc qu'on peut lui faire confiance.

Buttes Chaumont

Quand il se retourne et voit le gamin à ses trousses, seul, Bruce ralentit. Juste ce qu'il faut pour que César ne le perde pas de vue et reste cependant à bonne distance.

Son coup d'éclat n'a visé qu'à cela. Se tirer. Ne plus sentir le regard du flic lui brûler la peau. Fouiller la merde en se roulant une clope tranquille. Il tourne à droite, descend jusqu'à Bolivar, puis remonte les Buttes. Avant Botzaris, dans le prolongement de la rue Fessart, il s'élance d'un coup et escalade la grille.

Il entend César jurer sur ses talons. Mauvaise réception à la chute et déjà, le gamin le rattrape.

Bruce ne se retourne pas, trace tout droit, franchit la passerelle. Encore quelques mètres, le temple de la Sybille n'est plus très loin. Quand César le rejoint, boitillant, Bruce est assis sur un rocher, les pieds dans le vide, le regard perdu.

Au loin, les lumières de la ville transpercent paresseusement un voile grisâtre et brumeux. Il règne un calme triste, gâché par un temps maussade, une végétation cendrée. Comme si la nature, elle aussi, avait décidé de se mettre en deuil. Drapant ses couleurs de nuances blafardes et mélancoliques.

César regarde Bruce. Immobile. Comme sculpté dans l'air. Le géant ne semble pas avoir remarqué sa présence. César hésite à bouger, à se rapprocher pour s'asseoir près de lui. Il lui semble qu'un seul mouvement pourrait rompre l'équilibre. Que quelque chose se joue qui ne lui appartient pas. Et que lorsque la magie de cet instant cessera, plus rien ne sera pareil.

Il profite de sa place, légèrement en retrait, et de l'instant, parfait, pour réciter plusieurs *Daimoku*. Œuvrer pour *« Kosen Rufu »* est ce qu'il peut faire de mieux aujourd'hui. Ce qu'il aurait dû faire ce matin et hier, au lieu de laisser les esprits malins accaparer son esprit. Doucement, il s'assied à même le sol, joint ses mains et, confiant, entame sa litanie joyeuse *« Nam-myoho-renge-kyo, Nam-myoho-renge-kyo… »*

La paix descend en lui peu à peu. Il ferme les yeux, concentré, tout à sa prière. Il ne remarque pas Bruce, sorti de sa propre transe, qui tourne son regard fiévreux dans sa direction. Il ne sait pas encore que l'homme s'est décidé à lui livrer son histoire.

Et qu'au terme de celle-ci, César devra agir.

Mission

-    Qu'est-ce que vous voulez au juste ?

Elle a murmuré, légèrement atone. Une façon de contrôler sa voix et, derrière elle, sa colère. Plus Isabelle réalise ce qui est en train de se passer, plus elle perd de sa contenance. Elle n'essaie même plus de lutter.

De toute façon il a gagné, quiconque lui parle de Quentin peut gagner.

C'est devenu son point faible, sa faille, son ornière. Il lui sourit, presque chaleureusement, comme s'il compatissait. Elle en pleurerait.

Elle préfère baisser les yeux et pense naïvement « il y a donc de l'humain en lui ! »

Le temps qu'il la laisse se ressaisir, une seconde enveloppe est apparue sur la table. Frappée de la même mention « Sous X ».

Le vieux sait doser la perversité. Silence, lenteur et impassibilité. Usant de sa toute-puissance pour balancer ses *Scuds*, l'un après l'autre. Isabelle connaît la méthode. Ne relève pas le défi. L'eût-elle souhaité qu'elle ne pourrait pas. Ses forces l'abandonnent. Autant en finir rapidement. Faire ce qu'il attend.

Elle prend l'enveloppe, non cachetée, en sort son contenu, un feuillet recto verso tapé à la machine et lit :

« Je suis tueur à gages. Toute ma vie, je l'ai ôtée. Sans états d'âme, avec professionnalisme et discrétion. C'est pourquoi, personne ne me connaît encore. Ma dernière mission vise à rétablir ce manque. On devrait tout savoir de celui ou celle qui, un soir d'hiver, clôt son destin. Que ce soit la main de Dieu, du Diable ou simplement d'un homme.

On tue rarement sans motif. Si les représailles, les punitions ou les riposte - appelez ça comme vous voulez - sont toutes plus ou moins contestables, ce n'est jamais qu'un paquet de sales affaires, qu'aucun détergent ne peut plus avoir. Souvent, j'ai eu à remplir des contrats qui ne valaient pas mort d'homme. Peut-on juger de la souffrance d'une personne ? Je savais le faire, je le faisais. J'ai sauvé bien des hommes qui sans cela auraient eu toute leur vie empoisonnée par la rancune, la colère, le déshonneur.

J'ai rendu des gens heureux. J'étais la force qui leur manquait et paradoxalement en les suppléant, je la leur rendais. Ils m'ont bien gratifié. Ou pas d'ailleurs. Je n'ai jamais fait ça pour l'argent. Mais pour la justice. Si je ne n'avais pas été là, ils auraient peut-être fait du sale boulot. Ils se seraient fait prendre. La vie de leurs gosses aurait été bouleversée. Leurs mères mortes de honte. Leurs femmes éplorées.

Qui sait même s'ils ne seraient pas morts.

C'est aussi pour eux que je veux témoigner. Il y a partout dans le monde des tas de gens vengés qui dorment tranquilles et c'est grâce à moi. J'ai rendu service au peuple des hommes. À leurs femmes aussi et aux enfants avant tout. Afin qu'ils vivent dans une société propre. J'ai opéré dans tous les milieux, à tous les échelons.

J'ai usé du temps qui m'était imparti. Aujourd'hui, c'est la fin. Il y a un âge rédhibitoire qui m'oblige à tirer ma révérence, à laisser les choses en ordre. Je veux que vous soyez cet ordre.

Que vous-même témoigniez.

Pour toutes ces fois où la justice est vaine et qu'il est heureux de trouver sur son parcours une personne comme moi.

Pour tous les Quentin du monde ».

Flash-back

Gao au nord du Mali. Le 5 octobre 2002. Six heures du matin. Une porte qui vole en éclats.

Le père, la mère et quatre enfants encore endormis. Deux matelas, à même le sol, dans la cave d'une maison à demi détruite, désertée par ses occupants. C'est là que vivent Adama et sa famille.

Le père, journaliste, a reçu des menaces de combattants islamistes. Depuis une semaine, ils se cachent. Attendent. Le départ est promis pour bientôt. Direction le Niger, comme tant d'autres réfugiés. La vie réduite à sa plus simple exigence : un toit, de l'eau. Soudée par une seule consolation : être encore ensemble. Vivants.

Le 5 octobre, c'est aussi l'anniversaire d'Adama. Il a 9 ans. Son père lui a réservé une surprise. Aujourd'hui, ils sortiront tous les deux. Au moins une heure, au moins jusqu'au stade

Kassé Keita. Certainement l'endroit où Adama conserve ses plus beaux souvenirs.

Sept jours que sa mère, ses deux sœurs, son frère et lui n'ont pas mis le nez dehors. Seul son père prend le risque, chaque nuit, de subvenir à leurs besoins. Il vide le seau qui leur sert de toilettes, ramène de la nourriture, prépare leur fuite. Il est rentré depuis une heure. Sain et sauf. La famille s'est enfin endormie. Impossible de faire autrement, à chaque fois, ils l'attendent, espèrent un miracle ou une promesse. Comme celle faite à Adama. Ses petites sœurs, Taghry 4 ans et Grâce 6 ans, ont un peu pleuré. Ça a été difficile de leur expliquer. Son frère, Seydou, 14 ans, lui, n'a rien dit. Adama a bien vu qu'il était un peu jaloux.

Pour la première fois depuis longtemps, Adama s'est endormi heureux et fier.

Son père est un homme courageux.

Puis la porte a volé en éclats. Et en moins de cinq minutes, son rêve s'est effondré.

Disloqué en lambeaux de chair.

D'abord ses deux sœurs, puis ses parents.

Colère

-       Vous êtes fou. Complètement fou.

Ce n'est peut-être pas la meilleure façon de réagir mais c'est la seule qu'elle trouve en reposant la lettre devant l'homme. S'il est ce qu'il prétend et a fait ce qu'elle parvient à déduire depuis une heure, il est même dangereux de le heurter ainsi. Il peut tout aussi bien avoir un détonateur dans une de ses poches et continuer de faire péter Paris « *all inclusive* ». Pourtant, elle continue sur le même ton. Dans cette situation, aucune stratégie n'est valable. Aucune autre d'ailleurs ne lui vient, que de vomir ce qu'elle vient de lire.

- Vous demandez quoi au juste ? Une médaille ? Qu'on vous félicite ? L'absolution ? Et moi, qu'est-ce que je viens faire là-dedans ? J'vous ai rien demandé. De quel droit, putain ? Au nom de quoi ? Vous…

Elle a haussé le ton. S'est emportée. Elle aurait continué si l'homme ne l'avait pas arrêtée d'un geste. Il lui a saisi la main tout en la fixant durement. Il y a dans sa poigne plus de force qu'elle ne l'aurait imaginé. Dans son regard, plus de dureté qu'une montagne de béton armé. Alors, la douleur la fige en pleine phrase et la peur a raison de sa bravoure. Son geste n'a duré qu'une fraction de seconde, peut-être plus. Quand le vieillard relâche la pression, Isabelle est blême. Ses phalanges collées entre elles, gonflées de leur sang font apparaître de vilaines veines bleues.

Le message est passé. Elle se tait. Docile.

N'ose même pas relever la tête.

Aveu

- Tu as déjà entendu parler des enfants soldats ?

La question surprend à peine César. S'il ne sait pas quoi répondre, il s'attendait à un truc de la sorte. Lorsqu'il a « soigné » Bruce ce matin, ce sont des images de guerre qui l'ont assailli. Rien de très cohérent. Des instantanés, comme des photos isolées, arrêtées sur un mouvement qui ne laisse place à aucun doute.

Le géant a choisi de commencer son récit à ce moment-là de sa vie. Les souvenirs d'avant cette période sont rayés de sa mémoire. S'il se souvient du matin de ses 9 ans, il n'y appose plus aucune image. Il y a un déroulement des faits et beaucoup d'oublis. Sa mémoire a fait le tri, a rejeté l'innommable. Ses deux sœurs violées. Sa mère frappée à mort. Son père, son frère et lui obligés de regarder avant qu'une mitraille de balles ne les laisse, Seydou et lui, orphelins.

Dans l'esprit de Bruce, le scénario s'apparente souvent à un genre de reportage, distancié, froid, recouvert d'une voix *off*. Et parfois, comme cet après-midi au parc, à un synopsis avorté. Un film d'horreur. Mais qui toujours le ramène au même endroit, au camp d'Aghabob.

\- J'en suis un. Enrôlé de force. À l'âge de 9 ans. Mon vrai nom est Adama Keita. Et mon frère s'appelait Seydou Keita.

Bruce parle lentement, très bas. Il regarde droit devant lui. Ils sont assis sur le lit, dans le studio de César. C'est Bruce qui a suggéré l'idée, prétextant le froid et l'engourdissement. César pencherait plutôt pour la peur d'être surpris, interrompu. Ici, ils sont à l'abri.

\- Ce que j'ai dû faire, je ne te le raconterai pas. Dans ton monde, de telles choses n'existent pas. Même vos films ne montrent pas cela. Ils parlent. Beaucoup. Ne montrent rien. Pendant un an, ma vie s'est résumée à tuer ou être tué. Avec la menace que ce soit mon frère qui paie pour moi si je ne faisais pas ce qu'on m'ordonnait. Je n'ai jamais eu le choix. Jamais. Je n'avais plus que lui, il n'avait plus que moi. Nous nous sommes protégés. Quand il s'est fait tuer, je me suis enfui. Je n'avais plus rien. Même plus mon nom. Ils te font un lavage de cerveau qui te rend plus animal qu'homme. J'ai erré plusieurs jours, sans eau, sans nourriture, à moitié nu. Leur habit aurait fait de moi un homme mort si on m'avait pris. J'ai dépouillé un cadavre, abandonné dans un trou. Tout ce qu'il restait de lui. Un pantalon et un Tee-shirt. Et j'ai marché pieds nus, la nuit, pendant 1200 kilomètres, jusqu'à Bamako. On disait que là-bas, il y avait l'aide humanitaire...

À ce moment de l'histoire, César n'entend plus. Il est là-bas, au Mali, dans la peau d'Adama. Il l'imagine, le ressent, le vit. Dans son corps, dans son âme, il n'est plus là. Assailli par la peur, souffrant des mêmes privations. Le désespoir qui hante ses pas, avec cette force, surhumaine, qui pourtant l'oblige chaque soir qui tombe à se relever pour avancer. César n'est plus César. Pas même Bruce. Mais Adama. « L'enfant soldat ». L'orphelin. Le fuyard. Des larmes coulent sur ses joues, qu'il essuie rageusement. Aussitôt remplacées par la haine, le désir de vengeance. L'instant d'après, le regard soulagé, dur, fier et droit, mais soulagé. Puis des larmes encore et encore. Tellement de larmes. Tellement de honte.

\- ... Et maintenant j'ai peur. Ils sont venus me chercher. Ils m'ont trouvé. Ils vont tout faire sauter. Tu comprends, je me suis enfui. Je sais ce qu'ils font à ceux qui s'enfuient. On le sait tous. J'aurai dû mourir, la première fois, j'aurai dû mourir.

La détresse de Bruce fait brutalement atterrir César. Depuis « humanitaire », il n'a rien entendu de ce que Bruce a raconté. Ses derniers mots le heurtent de plein fouet. Il voudrait dire ou faire quelque chose, au moins soulager cette peur qui revient hanter son ami jusqu'à croire que tout est de sa faute.

Il est désemparé, affreusement triste. Lucide. Il sait qu'il va devoir convaincre Bruce de repartir avec lui. Certain qu'il refusera. Et pourtant, il croit en Pierre, le privé va les aider.

Surtout s'il lui parle de « l'Alpha ».

En chemin…

Il a laissé un billet sur la table sans même demander la note puis il s'est levé. Elle a compris qu'elle devait le suivre.

Est-ce qu'elle avait le choix ?

Encore une fois, non.

L'homme sait ce qu'il fait et le fait bien.

Ils roulent en silence à présent. Elle ne sait pas vers où. Il ne lui a rien dit. Et d'ailleurs n'a pas ouvert la bouche une seule fois depuis le début.

Soit il est muet. Soit il fait semblant.

Isabelle hésite, se perd en conjectures. Recommencer à raisonner peut la sauver de perdre tout à fait les pédales, alors elle aligne dans sa tête les informations.

D'abord en vrac, elle fera le tri plus tard. S'il lui en laisse le temps. *Non Isabelle, ne pense pas ainsi. Concentre-toi. Il veut quelque chose de toi. Tu as encore des cartes en main.* Et donc.

1/ C'est un tueur à gages.

2/ Il est fou ou au bout du rouleau, ce qui revient au même. Il n'a plus rien à perdre.

3/ Il connait sa vie. Toute sa vie. Elle en est sûre.

4/ Le drone, la prison : c'est lui. À cause d'elle ? Pour elle ? Contre elle ? Un moyen de pression ? *Bah oui espèce de conne, pas pour tes beaux yeux !*

5/ Son but : qu'elle écrive sa confession. *Bah, mon gars va falloir être percutant.*

6/ Pourquoi elle ? *La question à cent balles et quelle que soit la réponse, t'as eu tort mon pote.*

7/ Les clodos, le squat, les vieux, l'unité psy, les « demi-neurones » ? Lui aussi ? *La question à six zéros avant la virgule et vu la merde dans laquelle tu t'es fourrée, tu n'es pas près d'en toucher un centime.*

Et Isabelle continue.

Elle ne s'est même pas rendu compte qu'ils sont sortis de Paris. Quand elle est plongée ainsi dans sa tête, elle se ferme à tout. Son boulot lui aura au moins appris ça. Écrire un bon article c'est être à 100% dans son sujet.

Quitte à y laisser sa peau.

Ce qui n'a jamais paru aussi vrai qu'aujourd'hui.

Pas causant le privé. Bizarre.

Zébulon a tenté plusieurs fois d'engager la conversation et, à chaque fois, il s'est fait renvoyer dans les cordes. C'est à peine s'il décroche un « oui » ou un « non ». Se contente de hausser les épaules. Roule ses satanées tiges. Et surtout, vous plante son regard dans la face. Deux lasers verts à vous enfoncer un point d'interrogation dans le ciboulot.

Zébulon s'en amuserait presque. Surtout quand son quota de « bières pression » commence à enfiévrer son cervelet. Des taiseux, il en a maté de plus coriaces.

Alors il revient à la charge. Trois fois que Pierre s'absente pour répondre au téléphone. Ce coup-ci, il ne va pas le louper.

-      Les nouvelles sont bonnes ? clame-t-il un peu trop fort, alors que Pierre vient de se rasseoir au comptoir en posant son portable dessus.

Silence total. L'attaque de Zébulon a surpris tout le monde. Un ange passe. Une poignée de secondes pendant lesquelles tous les regards convergent vers Pierre et tentent d'évaluer sa réaction. Lequel prend son temps, impassible. Enfin, il l'espère.

Une heure qu'il poireaute ici, à attendre le retour des deux zigotos. La seule piste qu'il ait pour l'attentat du squat. Il sait qu'il n'a pas le choix. Il a joué le jeu, distant et inquiet. Rivé à son téléphone, son contact à Belleville lui balance les infos en temps réel.

Cette fois-ci, elles sont sans équivoque.

Ils auraient préféré voir rappliquer le gamin et le géant black, lui surtout. Mais conscient qu'on attend de lui qu'il lâche quelque chose pour qu'on lui foute la paix, Pierre prononce un « Non » sonore en secouant piteusement la tête.

Trop tard. L'attention de Zébulon semble avoir changé d'angle. Dans cet intervalle, la porte du bar s'est ouverte laissant apparaître César.

Seul.

Embardée

Cet homme est d'un calme effrayant. D'une maîtrise parfaite. Il n'a toujours pas dit un mot, n'a pas détourné, une seule fois, son regard de la route.

Les deux mains sur le volant, il enfile les kilomètres comme si rien ne devait les arrêter. Il sait où il va.

Isabelle a interrompu sa litanie interrogative à l'embranchement de l'A10 quand l'homme a freiné brutalement. Il a fait une embardée vers la droite, mordant dangereusement sur le bas-côté. Les pneus de la Mercedes ont crissé, Isabelle s'est sentie partir direct dans le pare-brise. Aussitôt, la ceinture de sécurité s'est contractée sur sa poitrine. Elle a poussé un cri.

Elle n'a pas compris ce qui venait de se passer, la voie était libre devant eux, plutôt déserte même. Elle a tourné la tête vers l'homme, prête à l'engueuler. Il fixait la route, la mâchoire contractée, un poing serré sur le volant et l'autre à hauteur du sternum.

Instinctivement, elle a compris et elle a préféré se taire. Il s'est vite ressaisi mais la tension reste palpable. Un silence compact les maintient chacun sur leur siège. Elle sait qu'il ne lâchera rien. Les hommes comme lui ont le mutisme ancré dans le corps et la fierté chevillée à l'égo.

Même malades, ils continueront de dominer.

Elle doit prendre son mal en patience.

Attendre.

Isabelle regarde sa montre : 14 heures. Ils roulent depuis environ une heure. Ils sont à hauteur de l'A81, direction « Nantes - Le Mans - Chartres ». Après le péage, un panneau indique une station essence à 22 kilomètres.

Isabelle demanderait bien une pause. Son alerte vessie est dans le rouge depuis un bon moment.

Une piste

Si César a surpris tout le monde, il ne s'en est pas rendu compte. Il a filé directement vers Pierre, encore essoufflé d'avoir couru et l'a entraîné dans un coin de la salle. Là où, quelque deux heures plutôt, le trio peinait à se comprendre. Zébulon s'est attablé avec eux. Il écoute le gamin raconter, la voix pétrie d'angoisse, ce que Bruce lui a confié.

- … Il est certain que c'est de sa faute. Convaincu qu'on le recherche. Ça fait des années qu'il s'y attend. Qu'un groupe d'islamistes le voie à la télé, le croise dans la rue et qu'il le kidnappe à nouveau. Il avait 10 ans quand il s'est enfui. Il en a 22. Je lui ai dit que c'était impossible mais il refuse de me croire. Je l'ai laissé chez moi. Il est mort de trouille. Il dit qu'il a surpris un homme, y a trois mois, un mec qu'il n'avait jamais vu. Il sortait des caves. Il avait une tenue de camouflage. Quand le type a vu que Bruce était là, il lui aurait fait un geste comme pour dire « j't'égorge ». Le mec n'est jamais revenu…

Zébulon se souvient très bien de cette période. Bruce avait disparu deux jours. Quand il s'était pointé de nouveau, il était comme sur ses gardes. Tourmenté. Plutôt nerveux. Zébulon l'avait tenu à l'œil sans faire de commentaire. Des mecs qu'on emploie au noir, on ne peut pas vraiment les engueuler. Il s'était méfié pendant un temps puis tout était rentré dans l'ordre.

- … Il n'arrête pas de répéter qu'il aurait dû mourir. Qu'il faut payer ses fautes. Il est convaincu qu'ils vont revenir. Qu'on est tous en danger….

César ne donne aucun temps aux deux hommes de répondre. L'urgence le pousse à parler vite, d'une manière saccadée. Il a laissé son ami en promettant qu'il allait revenir. Il est inquiet de ce que celui-ci peut faire en son absence.

Pierre laisse le flot se tarir. Le gamin a été secoué. Ce type dans les caves, y a trois mois, c'est la piste à suivre. Si Bruce l'a vu, d'autres l'ont peut-être aperçu aussi. Et un type capable de dynamiter, seul, un immeuble, il n'y en a pas des masses. Si aucune revendication ne vient contredire cet acte isolé, le profil du coupable est tout trouvé. Sûrement un ancien artificier, militaire, défroqué d'une quelconque institution. Adhésion au FN ou à un groupuscule.

Ce qui ferait pencher la balance du côté du tueur unique.

Il n'a plus qu'à appeler Bastien.

En pleine cogitation avec « l'Inclus », à se rouler une clope, le regard perdu, Pierre ne s'est pas rendu compte que le gamin le dévisage et que Zébulon est reparti.

Il s'attend encore moins à ce que César déclare :

\-   Vous aussi, vous êtes « perché », non ? Je vous ai reconnu tout de suite.

Est-ce que cela appelle une réponse ? Pierre hésite. De toute évidence, le gamin n'en a pas fini.

\-   Je ne crois pas au hasard. Pour moi, la vie a un sens. Absolument tout ce que l'on vit ne vise qu'un but : apprendre. Je sais que je passe pour un dingue quand je dis ça, genre illuminé, mystique et tous les dérivés qui vont avec. Dans ce monde, ce n'est pas facile de paraître autrement quand tout tourne autour des valeurs matérielles. Pourtant je suis sûr que vous me comprenez.

Pierre sourit. Ce n'est absolument pas le genre de questions qu'il se pose ou ce à quoi il pense. Pour lui, l'instinct résume, en partie, ce à quoi fait allusion le gamin. Il a découvert un jour qu'il savait s'en servir et il s'en sert. Point barre. Mais qui sait, peut-être n'est-il pas assez curieux, ou trop paresseux.

À priori, le gamin s'en fout car il poursuit sur le même ton :

\-   J'ai découvert, très jeune, que j'avais un don. Une forme d'empathie exacerbée qui me fait ressentir les gens comme si j'étais eux. Une faculté à les soulager. Je vois les gens en rêve aussi. Parfois je peux être à deux endroits à la fois. On appelle ça la bilocation. Le don d'ubiquité selon les divergences. Myers n'est pas la meilleure référence si l'on veut être bien vu...

Pierre se demande où César veut en venir, s'il est un peu barge, pourquoi se croit-il obligé de lui raconter cela. Il n'y a pas une demi-heure, il était autre. Totalement speed, tourmenté, presque brouillon. Là, le jeune homme paraît serein, posé, sûr de lui.

- À part au Doc., je n'en ai jamais parlé à personne. Je ne sais pas pourquoi je le fais avec vous. J'imagine que vous pouvez m'aider.

Et voilà, pense Pierre, on y est. Sa pensée fuse en même temps que César ajoute :

- Ou l'inverse, qui sait.

Bien vu, commente Pierre en lui-même.

Le gamin s'est interrompu et, tout à coup, semble mal à l'aise.

Pierre continue de garder le silence. Ce qu'il sait faire de mieux. Et qui marche à tous les coups. Alors César se lance. Et lui raconte.

Hier. La bouche de métro de la Porte d'Orléans. La femme qui n'est jamais venue. Le vieillard. Sa débandade toute la journée à ne pas remonter à la surface. La certitude que cet « Alpha » est l'homme que tout le monde recherche.

Il se rappelle très bien son visage. Saurait le décrire. Même s'il a peur. L'homme est démoniaque. César ne peut pas l'affronter tout seul même s'il le retrouvait. Il ne maîtrise pas encore tous ses dons.

Pierre qui, jusque-là, écoutait avec un intérêt mitigé, voire un certain amusement, les confidences de César, est complètement déstabilisé. Si le gamin a raison, sa théorie tombe à l'eau. Pas tout à fait mais quand même. L'âge ne correspond pas avec le profil qu'il s'est fait du tueur fou.

Qu'est-ce qu'un vieillard gagnerait à faire sauter Paris en dézinguant à la suite, des taulards, des clodos, des réfugiés, des vieux, des malades mentaux et des handicapés ?

À moins qu'il ne soit lui-même ou ait été un peu de ceux-là et qu'il orchestre sa propre mise à mort symbolique ? Un ex-mercenaire qui solderait ses comptes ? Il ne croit pas à ces élucubrations. Pourtant, ses mains ont saisi sa blague à tabac. Sur la quinzaine de clopes roulées depuis ce matin, Pierre sait que celle-ci marque le roulement de tambour.

« L'Inclus » en lui s'est enfin mis en chasse.

Qui, comment, pourquoi ?

Rien n'est certain et même peu probable. Toutefois le point de départ est là.

Il saisit son téléphone portable, pose la cigarette devant César et appelle Bastien.

Capitulation

Ils se sont arrêtés. Sans qu'elle ait eu besoin de demander. Faut dire qu'à se tortiller comme elle l'a fait, le message était clair. Il a tout de même été prudent. A choisi une aire d'autoroute. Déserte.

Pas le genre « pompe à essence » fourmillante. Une voiture démarrait au moment où il se garait. Précédée d'un poids lourd.

Ils sont seuls à présent.

Quand elle est sortie du véhicule, il ne l'a pas suivie. Non. Mais il lui a tendu la main. Il désignait son sac à main. Isabelle n'a pas négocié. Lui a tendu son iPhone 7.

Qui aurait-elle appelé ? Pour dire quoi ?

Elle sait ce qu'il attend. Elle est d'accord. Elle n'a plus peur. La curiosité a repris le dessus. Il ne la tuera pas. Le risque serait plutôt que ce soit lui qui meure avant d'en avoir fini. Et là, aux oubliettes, le scoop.

Son arrogance a repris le dessus. Elle le sait. N'a jamais été dupe. Dans son métier, tous les coups sont permis. Pourtant elle ne le fait pas par revanche. Ou pour se prouver encore quoi que ce soit. Elle le fait parce qu'elle aussi n'a plus rien à perdre. Même s'il y a un risque, elle s'en fout.

Depuis la mort de Quentin, elle a l'impression de mouliner dans le vide. Son désespoir bat le pavé. Sans but. Elle n'a plus rien à sauver de cette humanité. Les enfants garantissent l'avenir. Elle n'a plus d'avenir.

En tuant le meurtrier de son fils, cet homme lui a volé sa derrière guerre. Elle n'a plus rien à faire ici.

S'il veut qu'elle écrive que c'était un type bien, elle le fera.

Après tout, qu'est-ce qu'elle en sait ?

***

« …et selon les derniers éléments retrouvés sur place, les enquêteurs confirment avoir une piste sérieuse. Un incendie qui, selon toute vraisemblance, ne serait pas d'origine criminelle. L'information qui vient de tomber à l'instant laisse les policiers perplexes quant à la vague d'attentats perpétrés hier, veille de Noël, à Paris. Le Capitaine…»

L'homme a appuyé sur le bouton de la radio. La voix du commentateur s'est tue. Le silence a repris sa place. Isabelle ne sait pas quoi penser. Le temps de se glisser dans la voiture, elle n'avait pas bouclé sa ceinture que l'homme redémarrait sur les chapeaux de roues.

Depuis midi qu'elle est avec lui, elle ne sait plus rien de ce qu'il se passe au dehors. Jusqu'à présent, elle reconnaît ne pas s'en être inquiétée.

L'homme a su toucher juste, dès le début. La replonger dans ses propres traumatismes en même temps que la tenir en haleine sur ses futures révélations.

L'humain est ainsi fait : profondément égoïste. Tout entier centré sur lui dès lors que le danger est écarté et ne le concerne plus. Il poursuit son but.

Celui d'Isabelle résonne en creux dans l'habitacle. Il surfe sur le cuir blanc de la Mercedes, flotte dans l'atmosphère, en un silence pesant. Glisse devant ses yeux à mesure que les kilomètres l'éloignent de Paris.

C'est comme si l'homme voulait l'isoler dans une sorte de bulle. La coincer dans sa sphère. Un cocon de plus en plus opaque.

Et ça marche.

16 heures et des poussières

Bastien est aux abonnés absents.

Tant pis.

Pierre avancera sans lui. À l'aveugle. Encore une chose qu'il sait très bien faire. Foncer dans le tas. Réfléchir ensuite.

Il a demandé au gamin de le conduire chez lui.

Première étape : Bruce. Le remettre debout. Le faire parler. Peut-être qu'il en sait plus que ce dont il veut bien se rappeler.

Ensuite, lui dire pour Lili. Enfin, si c'est elle. Quand César a déboulé, il recevait une photo. Ce qu'il reste d'un corps de femme sans la tête. Avec sur l'épaule gauche, un tatouage.

Pas sûr que ce soit la bonne tactique. À priori le gus en a vu d'autres.

Six étages sans ascenseur. Le gamin tient la forme. Il a devancé Pierre en grimpant les marches deux par deux. Un long couloir. Une chambre de bonne. Dix mètres carrés tout au plus.

Le géant black remplit à lui tout seul tout l'espace. Composé d'un lit, d'une table et d'une penderie. La fenêtre offre une vue imprenable sur les toits de Paris. Certainement par-là que le gamin s'évade quand il s'offre ses petits voyages astraux.

Le temps que César secoue Bruce et leur prépare un café, Pierre note la collection d'étoiles collée au plafond. Bien barré le môme, pense-t-il, amusé.

C'est alors que Bruce se redresse complètement et toise César, durement.

Une grande ride barre son front comme si elle le divisait en deux parties.

- Qu'est-ce qu'il fait là ? demande-t-il abruptement.

Pierre devance César qui allait répondre. Bruce, avec son quelque mètre quatre-vingt-dix ne l'impressionne pas. Même quand il se lève et semble vouloir foncer sur le gamin. Sa souffrance irradie malgré lui. Il devine le jeune Adama sous son imposante stature. Son regard, empli de douleur, bouleverse Pierre.

- C'est moi qui ai insisté, s'excuse Pierre, je n'ai pas de bonnes nouvelles.

Bruce s'affaisse aussitôt. Le visage de Lili vient d'éclore devant ses yeux.

Lili. Comment a-t-il pu oublier ?

Tout ce temps perdu à se raconter puis à dormir au lieu de la chercher. Qu'ils viennent et qu'on en finisse. Qu'importe s'il se fait prendre. Pourquoi s'enfuir si, ici aussi, c'est la guerre ? Pourquoi lutter ?

Les gens de la mission lui avaient dit qu'en France, il serait en sécurité. Et pourtant, depuis son arrivée, il y a trois ans, il vit comme une bête traquée. Les passeurs lui ont tout pris. Il n'a jamais été qu'un fugitif. Maintenant, Lili est morte.

Lili. Aussi rousse qu'un champ de blé au coucher de soleil. Avec son nez en trompette et ses deux noisettes en forme de billes. Son sourire espiègle. Douce comme la caresse d'une mère. Joueuse comme l'étaient ses sœurs.

C'est ainsi qu'elle lui apparaît. C'est ainsi que le souvenir remonte.

Dans la tête de Bruce, les images se brouillent, se superposent. Les images, les odeurs, les cris. Lui revient en mémoire la barbarie qui les a fauchées toutes les trois.

Le visage de l'homme qui a tué son père.

Puis condamné son frère.

Celui qui a fait de lui un animal.

Bruce implose. Il n'a rien oublié. Rien. Les scènes défilent devant lui à une vitesse vertigineuse. En rafales. Abominables.

Pierre et César, pétrifiés, le voient se prendre la tête entre les mains, la secouer comme s'il voulait se l'arracher. Avant même qu'ils aient l'idée d'intervenir, Bruce se redresse, le regard fou, ravagé, un cri de bête poussé à l'extrême.

Il fait un bond en avant, se retrouve face à la fenêtre, l'ouvre violemment, enjambe le garde-fou et saute. Le cri de César résonne en même temps que le corps de Bruce plonge quinze mètres plus bas. Face contre terre.

Pierre, qui s'est précipité deux secondes trop tard, s'agrippe à la rambarde de bois, le haut du corps dans le vide. Dans sa main droite, une chaussure d'homme.

La semelle usée.

Écran blanc

À ce stade du récit, la fiction se fige. En chacun de nous demeure la vision sidérante d'une âme en chute libre.

Et de toutes celles qui l'ont précédée ou qui viendront la rejoindre.

« Sic itur ad astra » annonce une locution latine. Soit « C'est ainsi que l'on s'élève vers les étoiles ».

Pourquoi Bruce plutôt que Lili, Georges ou tant d'autres innocents ?

Sans doute pour toutes ces raisons qui nomment l'outrage fait à l'enfance quand il demeure impuni. Et qui, j'en suis convaincue, ami lecteur, vous glace le sang comme il pétrifie mon histoire. Paris, ainsi que plusieurs villes d'Europe et même du monde, déclareront une minute de silence.

C'est important.

Tellement dérisoire.

Les exactions des bourreaux feront la « Une » des journaux.

L'histoire concentrera son attention sur quelques personnages. Il en faut toujours qui sortent du lot pour agiter le drapeau du rassemblement et ordonner une relative cohérence des faits.

Des centaines d'anonymes auront pourtant longtemps au fond des yeux et gravé dans l'âme, des images terrifiantes et inhumaines.

Amas de chairs grillées à Saint Eustache. Membres dispersés. Tympans vrillés par les hurlements.

Le ventre de Paris est à nu. Qui crache ses intestins et jalonne d'excréments le parvis de l'église. Rigole de sang à la Santé. Individus déchiquetés. Lacérés. Disloqués.

Tablée morbide à Wagram.

Vieillards statufiés sur les fauteuils roulants, ou glissants sous la table. Les regards figés de stupeur, Des yeux qu'il a fallu fermer les uns après les autres. Des membres Froids. Glacés. Agrippés dans un dernier sursaut de vie.

Les réseaux sociaux créeront peut-être des bannières « Je suis Paris » ou « Je suis Adama » ou encore « Nous sommes en colère ».

Des résolutions à l'échelle mondiale et individuelle seront prises.

Puis, le choc passé, la vie reprendra. *« The show must go on »*.

La terre ne s'arrête jamais de tourner. C'est dans sa logique. Elle griffe les pages d'histoire en un sempiternel recommencement.

« Sic semper tyrannis ».

Ainsi en est-il toujours des tyrans.

FOCUS
25 Décembre – Soir

"La clarté ne naît pas
De ce qu'on imagine le clair,
Mais de ce qu'on prend conscience
De l'obscur ».
Carl-Gustav Jung

Rue du Gautro

17 heures

Ils viennent de dépasser le panneau « Le Val sans Retour ». Isabelle frissonne. Non qu'il fasse froid mais le nom n'engage guère à l'optimisme.

L'homme a réduit sa vitesse, roule prudemment. Isabelle s'attend à voir surgir des fées, des lutins ou des dragons. Tout n'est que nuit dense, calme plat, silence hermétique.

« Sous X », lui, semble parfaitement à l'aise.

Elle hésite entre l'idée qu'il veuille lui foutre la trouille ou, au contraire, lui permettre de s'acclimater aux lieux. À certains endroits, il ralentit jusqu'à rouler en première puis, d'un seul coup, accélère.

Peu à peu, la forêt de Brocéliande déploie ses arbres. Isabelle se tasse dans son siège.

L'univers végétal lui est inconnu. À ce point-là, en tout cas. Elle n'a jamais dépassé les frontières des villes. Les jardins et parcs ont toujours eu sa préférence sur l'attrait de balades dans les bois.

Elle serre les dents en silence.

L'homme semble avoir fini son tour de piste.

Ils sont de nouveau sur une route qu'elle reconnaît. Ils l'ont prise tout à l'heure. Retour à Tréhorenteuc.

Il lui a glissé une brochure entre les mains.

« *Tréhorenteuc est un petit village du nord-ouest de la France. Le village est situé dans le département du Morbihan, en région Bretagne. Le village de Tréhorenteuc appartient à l'arrondissement de Vannes et au canton de Mauron. Le code postal du village de Tréhorenteuc est le 56430 et son code Insee est le 56256. Les habitants de Tréhorenteuc se nomment les Tréhorentais et les Tréhorentaises »*.

Isabelle néglige la suite. Elle ne veut pas perdre le chemin des yeux. « Rue du Gautro », tout droit puis un chemin de terre, sur la gauche. Un ruisseau en alignement. 500 mètres encore, au moins. La maison. Au terme de quatre heures de route. Deux pauses pipi. Et un sandwich au goût de plastique. Isabelle sature.

***

Une maison simple, tout en pierre, un peu comme on peut l'imaginer d'une ancienne longère. Basse de plafond, froide, rustique.

Une pièce unique, immense. Au moins 80m², la taille de son appartement.

À gauche, en entrant, l'espace chambre à coucher. Un lit, une table de chevet, une armoire. Un assortiment début du siècle. Massif. Vieillot.

Au centre, une table carrée et quatre chaises. À l'avenant.

À droite, une porte. Dont elle a cru deviner qu'elle cachait les commodités. Déduction vérifiée lorsqu'Isabelle y est allée. Un lavabo, des toilettes, une douche creusée à même le sol, sans paravent.

Flanqué entre la porte et le mur du fond, le coin cuisine. Un évier de faïence jaune-marron, un vaisselier et une cuisinière à bois.

Pas de bibelot. Pas de télé. Aucune photo. Mais un ordinateur.

Une immense bibliothèque couvre tout le mur, derrière la table, face à la porte. Bourrée d'encyclopédies sur la médecine, les plantes, les minéraux. De livres traitant d'ésotérisme, de parapsychologie, d'hypnose, de sciences occultes… Le ton est donné.

Puis, tout à fait à gauche, que l'on ne voit pas quand on entre et que la porte reste ouverte, poussé contre le mur, un lit d'auscultation, datant des années 30, le cuir à ce point usé qu'il est craquelé de veinures noirâtres. Avec, posé dessus, un gros cartable noir à double rangement.

C'est plus qu'il n'en faut à Isabelle pour réveiller sa peur. Où qu'elle se trouve, elle n'ira pas plus loin. Le chemin s'arrête là.

Au moins, vient-il lui donner l'opportunité d'entendre le son de sa voix…

Non mais quel con !

À son réveil, Bastien se sent de nouveau coupable. Ils sont tombés comme des bienheureux. Un sommeil comme il n'en a pas connu depuis des lustres.

Même sa « Jambe Pile », quand il se lève, répond à l'appel sans broncher.

Paradoxe des contraires « Le malheur des uns fait le bonheur des autres » qui le mortifie sous la douche. Sauf qu'il est lieutenant de police et pas boulanger, qu'il a planté ses gars en plein merdier et qu'il est déjà 18h00. Dieu sait ce qu'il a bien pu se passer pendant tout ce temps.

À part « La Carpe », trois appels en absence, personne n'a essayé de le joindre. Ou le « 36 » mouline toujours dans la semoule, ou son équipe

147

est déjà en train de le remplacer. Non mais quel con ! Il fulmine, va vite, se bat pour démêler à terre, son blouson, ses chaussures et même son arme. Une belle pagaille dans l'urgence de ce matin qui ravive sa honte.

Et son désir. Qui apparaît miraculeusement dans l'embrasure de la chambre. Nue. Il reste immobile un instant. Seuls quelques pas les séparent, qu'il juge dangereux de parcourir. Il va falloir qu'il prenne sur lui. Aussitôt, il se ressaisit. Affiche un air désolé et d'un geste tendre, lui envoie un baiser de la main. Puis, il sort en refermant doucement la porte derrière lui.

Trois minutes plus tard, il reçoit un SMS :

« À deux, on est plus forts. Ne te juge pas pour ce matin. Nous en avions besoin. Ce que l'on a pris, on peut le redonner. Bien mieux maintenant. À très vite. Bon courage mon amour ».

La réponse de Bastien, une ribambelle de smiley - ce qu'il sait faire de mieux quand l'émotion l'étreint et que le temps lui manque - ne partira jamais. Son téléphone vibre, c'est Pierre.

Frères

Je me suis endormi dans la seconde qui a suivi. À mon réveil, je l'ai trouvé blotti contre moi. Ça m'a fait drôle. Des années qu'il ne l'avait pas fait. Ses grands yeux bruns me fixaient avec intensité. Son corps longiligne, légèrement de guingois était à demi-nu. Tel que je l'avais couché, en marcel et en caleçon.

Une boule énorme m'est montée en travers de la gorge. Ma vue s'est brouillée. Mes larmes ont jailli toutes seules, sans que je puisse les retenir. J'ai attrapé mon frère et je l'ai serré, serré, serré. Je ne sais pas combien de temps nous sommes restés ainsi. Agrippés l'un à l'autre. À pleurer. Ensemble. Même à l'enterrement de nos parents, nous n'avions connu un tel déluge.

Py avait 11 ans, moi, bientôt 20. J'avais trop de soucis à l'époque. Trop de rage en moi. La vie m'était tombée dessus dans l'urgence. Il avait fallu que je m'occupe de tout. Leur décès, l'appartement, Py. La MDPH. Son placement. Finies, mes études à l'école des beaux-arts. Adieu, mes dessins satiriques. Bye bye, ma fibre artistique. La vie m'apprenait les responsabilités. La solitude. Les emmerdes.

J'avais tout mélangé. Mes besoins, ceux de Py. Il était paumé, bien plus que moi. Je n'ai pas eu le choix. J'ai foncé tête baissée.

Mes parents ne nous avaient rien laissé. J'ai trouvé ce boulot chez Net Consulting à vendre des espaces publicitaires. Faut croire que j'étais doué. Ils m'ont gardé. J'ai bossé comme un fou, le nez dans le guidon. Ne pas penser, ne pas penser, ne pas penser. Juste assurer.

Je me suis coupé de moi.

Avec les femmes, c'était le minimum syndical.

Entre mon travail et Py, de toute façon, il n'y avait pas la place. J'aurai pu continuer longtemps. Très longtemps. Pour ne pas être obligé de vivre ça : ces larmes qui n'en finissaient pas de couler et le corps de Py, tout tremblant, arrimé au mien.

On a fini par se calmer. Le silence de la nuit a remplacé nos larmes. On est restés un long moment sans bouger. Assis dans le canapé. Puis les mots sont venus. Je lui ai tout raconté. De sa naissance à maintenant. Tout ce que j'avais vécu, comment, pourquoi. Ce que j'avais compris. Ressenti. Pourquoi on en était là. C'était comme un besoin, qu'il sache. De lui demander pardon.

D'abord il s'est recroquevillé. Comme il sait le faire. La fixette aiguisée au maximum. Je m'en foutais. J'ai continué. Fallait que ça sorte. À un moment, il a dû en avoir marre, il a pris ma main, l'a posée sur son cœur. Puis il a plongé son regard dans le mien et m'a souri. J'ai bien failli chialer encore. Mais non ! J'ai souri à mon tour et c'est là qu'il m'a dit « J'ai faim ». Sans transition.

J'ai adoré.

Tout est toujours tellement simple avec Py. On s'est levés et on a filé directement à la cuisine. Il y avait le repas du réveillon qui nous attendait. J'ai proposé à mon frère de prendre une douche pendant que je préparais la fête. Je crois qu'il a compris le sous-entendu car il est resté plus de vingt minutes dans la salle de bains. J'ai eu le temps de mettre la table et surtout de disposer des paquets cadeaux sous la seule plante qui garnissait mon salon. Un *dracaena* qui datait de mes parents et qui avait remplacé tous les sapins de Noël depuis lors.

Je me suis senti heureux. Hier me paraissait d'un coup presque irréel. Loin. En tout cas, ce soir je ne voulais plus y penser.

C'est alors qu'on a sonné à la porte.

Les deux dernières heures ont été éprouvantes. Un véritable cauchemar. Leur cavalcade dans les escaliers. Le corps de Bruce, les membres désarticulés, sa tête baignant dans une mare de sang. César qui se jette sur lui. Le prend dans ses bas. L'enserre. Le berce. Le visage baigné de larmes. À scruter Pierre désespérément. Les voisins hypnotisés qu'il a fallu déloger quand près de vingt-cinq minutes plus tard les pompiers sont arrivés. La messagerie de Bastien, toujours indisponible. Convaincre César de lâcher Bruce le temps de le glisser sur une civière.

Les urgences de Saint Antoine.

La déclaration à la police.

César qui déconnecte et finit par s'évanouir.

Retour aux urgences.

C'est de là que Pierre appelle Bastien pour la troisième fois et, qu'enfin, il lui répond. En quelques minutes, il lui résume Bruce, Adama, César, le vieillard. Une diagonale pourrie, dans les grandes largeurs, qui lui ferait presque honte.

À l'autre bout du fil, « La Virgule », en route vers le « 36 », donne brusquement un coup de volant et raccroche sur un « Ne bouge surtout pas. J'arrive ».

À partir de cet instant, ces trois-là ne vont plus se quitter. La Pyramide de Pierre, ces trois clopes déstructurées par Bruce, maintenant qu'il a rejoint Lili, prend tout son sens. Les concertistes comme on les appelait autrefois, à l'époque où, lui et Bastien faisaient encore équipe, ont trouvé leur égérie. « La Carpe » ne sait pas pourquoi ni comment de telles choses arrivent. Et ce qui le pousse à formuler un truc pareil.

L'Inclus en lui l'astreignant à façonner sa énième clope de la journée.

La lettre

C'est tout juste s'il ne s'excuse pas. Répète qu'il a tenté deux fois de la joindre. Promet que ça ne sera pas long. Lui réitère ses plus sincères condoléances.

Renée le laisse entrer, s'excuse un instant et file dans la salle de bain.

Quand elle revient, il est là où elle l'a laissé, dans le vestibule.

Elle le dirige dans la cuisine et lui propose un café.

Elle se sent complètement à l'ouest. Regarde sa montre. Elle était en plein cauchemar quand le policier a cogné à sa porte.

Elle se demande jusqu'à quel point elle est réveillée. Un flic qui déboule chez vous le soir de Noël, à 19 heures, en pleine « guerre », ce n'est sûrement pas pour demander un autographe.

Elle se donne le temps de sortir deux tasses, du sucre, déniche un paquet de biscuits et allume sa machine à expresso.

Le flic semble mal à l'aise. Il la regarde faire. Ne cherche pas à l'aider. Ni même à parler. Il s'est posé sur un coin de chaise. On dirait qu'il cherche ses mots. À le voir, ainsi coincé, Renée pressent la catastrophe.

Puis, tout d'un coup, il se lance :

-      C'est au sujet de votre mère.

Bonne pioche, pense-t-elle cyniquement, vous avez trouvé la fille.

-      Est-ce que par hasard, vous auriez reçu une lettre ces derniers jours ? Une lettre de votre mère à votre intention ?

La question prend Renée au dépourvu. Elle le regarde comme on regarde un lampadaire qui vient de vous adresser la parole, avec un geste de recul, les yeux écarquillés et la bouche bée. Aussitôt elle se sent coupable. De quoi, elle ne le sait pas encore. Mais elle repense à ces trois mots sur le bristol blanc. « Pardon. Pour tout ».Alors, elle sait, d'instinct, qu'il lui faudra beaucoup mais vraiment beaucoup d'indulgence pour y parvenir.

Destruction

Alors là, c'est le pompon !

Après le privé, le flic. Zébulon l'a mauvaise.

Trois heures qu'il est sans nouvelles, qu'il se bouffe la rate, qu'il écluse bière sur bière et quand César débarque, c'est pour lui apprendre la défenestration de Bruce - mais putain c'est quoi ce mot ? - avec à ses basques, le privé.

Et en prime, un flic. Son sang ne fait qu'un tour. Il lui prend une de ces colères comme jamais et la rage au cœur, se met en tête de virer tout le monde. Ricco, Fab, La citrouille, Raph, Sister, ses fidèles et les autres.

Tout le monde. Même César et ses chiens.

Aussitôt derrière, il descend rageusement le rideau de fer jusqu'à lui faire bouffer le bitume. S'acharne comme un diable pour le verrouiller. Ce qui, en quinze ans de bar, ne lui était jamais arrivé.

Comme il est loin d'avoir expurgé sa rogne, il s'en prend aux tables, aux chaises, à ce foutu écran full-HD de merde. Après quoi, il brise autant de verres qu'il peut en trouver et dégomme à la batte de base-ball chaque bouteille de chaque étagère.

Puis, quand il ne reste plus rien de son repaire, qu'il se retrouve tout seul au milieu des débris, à faire trois fois le tour sur lui-même, il tombe à genoux. Se met à pleurer.

La tristesse l'emporte enfin. L'abandon l'étreint. Bruce. Lili, évidemment.

Mais aussi le gamin. Sa candeur a cherché refuge dans les bras des flics.

Ce n'est pas son monde qui s'écroule, c'est la folie des hommes qui le rattrape. Qu'il croyait avoir tenue à distance. Caché dans son antre. À faire le mariole. Mais qui, ce soir, le rattrape et le laisse K.O. Comme amputé.

Saint Émilion

Il a tout prévu. Jusqu'à lui acheter une brosse à dents. Et, vu le sac de courses qu'il a sorti du coffre de la voiture, leur petite « escapade » va certainement durer un moment.

Isabelle le regarde. Ils sont face à face. Chacun d'un côté de la table. Le silence de nouveau, en masse compacte au milieu d'eux.

Elle est censée manger la soupe qu'il vient de lui servir. Un velouté aux champignons qu'il a l'air de trouver délicieux. Ce n'est pas qu'elle n'aime pas les champignons, c'est plutôt qu'elle les déteste. Le caoutchouc, ce n'est pas son truc. Même mouliné, même s'il vient de la Grande Épicerie.

Le plateau de fromages lui ferait plutôt envie. Surtout avec ce Château Cheval Blanc - Saint Émilion Grand Cru - qu'il a débouché, servi en carafe et qu'elle boit, par petites gorgées, pour se donner une contenance.

Sa peur s'engourdit progressivement. Elle a eu un pic d'angoisse à l'arrivée et un autre quand il lui a tendu un sac - Mac Douglas, l'homme a des goûts sobres, juge-t-elle rapidement – avec un nécessaire de toilette et des affaires de rechange.

Il s'en est aperçu, n'a pas cherché à la rassurer. Il l'a poussée vers la salle de bain et quand elle en est ressortie, il préparait le dîner. Il l'a laissée fureter dans la bibliothèque, faire dix fois le tour de la maison pendant que, lui-même, s'éclipsait à son tour. Comme s'il n'avait rien à cacher. Comme s'il n'envisageait même pas qu'elle puisse vouloir s'enfuir. Ce qu'elle ne fera pas et il le sait. À ce stade elle est ferrée, entortillée à l'hameçon et tant qu'elle ne saura pas le fin mot de l'histoire, elle n'en démordra pas.

Elle en a profité pour tenter d'ouvrir la sacoche noire sur le lit d'auscultation. Sans succès. L'homme a gardé la clé. Alors, de dépit, elle s'est assise et l'a regardé s'affairer. Il avait ânonné trois mots en arrivant. Purement pratique. Elle attendait maintenant qu'il en prononce d'autres. À priori, le coup des enveloppes « Sous X » lui était passé. Ils allaient enfin pouvoir passer aux choses sérieuses.

Elle attend. Sait qu'il n'a plus le choix. Ce soir ou demain, bientôt. Sa confession, elle ne va pas l'inventer. Il faudra bien qu'il parle.

Vous avez vu le diable ?

Les Concertistes se sont regardés une demi-seconde et ont haussé les épaules. Ils en ont vu d'autres. Qu'il casse tout si ça le défoule.

À peine le rideau de fer descendu, ils ont entendu Zébulon jurer à pleine voix en faisant un boucan d'enfer. César, immobile, devant la façade, au milieu de la rue, se bouchait les oreilles en proie, lui aussi, pensa Pierre, à un autre « pétage de plomb ». Il l'avait gentiment et fermement attrapé par le bras puis tous les trois s'étaient dirigés vers la voiture de Bastien. Direction « Chez la Mère Bravo ». À fond la caisse. Sans parler. Ils avaient opté pour le repaire de Zébulon sous l'insistance de César qui tenait absolument à ce que ce soit lui qui annonce la mort de Bruce. Vu l'état du gamin en sortant de l'hôpital, et même s'ils jugeaient l'idée mauvaise - Bastien parce qu'il pensait que c'était superflu et Pierre qui pressentait que ça allait mal se passer -, ils avaient cédé.

Le gamin avait eu raison sur le fond. Pas sur la forme. Zébulon était en droit de savoir mais à l'évidence, il n'était pas prêt à recevoir l'info sans un minimum de rondeur et César n'y était pas allé par quatre chemins. Trop malheureux pour choisir ses mots ou, au contraire, trop sincère.

Au terme défenestration, Zébulon avait vu rouge. Et pourtant celui-là, César l'avait choisi. Erreur manifeste. Restait à savoir pourquoi.

La question, déjà, ne se posait plus. Ils sont à présent tous les trois, attablés chez Betty, attendant qu'elle leur serve une de ces saucisses lentilles dont elle a le secret. À les voir rentrer tous les trois avec des mines de déterrés, c'est tout ce qu'elle a pu faire. Si on omet la bouteille de vin qu'elle s'est dépêchée d'aller chercher et le verre de lait qu'a réclamé César d'une voix d'outre-tombe.

Elle a ébouriffé, en passant, les mèches blondes de Bastien, ce qu'elle ne manque jamais de faire même s'il se pointe trois fois dans la même journée. Elle est restée comme coite devant César. Sûrement sa mine de gamin contrit et toute la douleur qui court derrière. Pour une fois, elle n'a pas fui le regard de Pierre. Ce qui les a bluffés tous les deux.

Le bar de Betty est aussi vide que ce matin. Il y règne un silence de fond marin. Chacun prisonnier de sa bulle. Momentanément abasourdi. On dirait trois fantômes. Muets. Absents à eux-mêmes. Soudés dans un dialogue de sourds où chacun égrènerait son chapelet de questions, à sa façon.

La Carpe en roulant une clope.

Bastien en fulminant sur sa « Jambe Pile » qui le lance à chaque nouveau point d'interrogation.

César en tentant désespérément d'appliquer sa méthode en dix points. C'est alors que Betty arrive et rompt le « charme ».

Juste en posant les assiettes devant eux.

D'un seul coup, ils relèvent la tête en même temps et là, elle éclate de rire.

- Et ben mes garçons, il est temps que quelqu'un s'occupe de vous. Vous avez vu le diable ou quoi ?

Dans la seconde qui succède son rire, elle réalise ce qu'elle vient de dire. Mal à propos et si vrai pourtant. Comme si cela résumait la violence de ces vingt-quatre heures et qu'elle n'en prenne conscience que maintenant. Confuse, elle s'apprête à tourner les talons quand Bastien la retient par le bras.

- Oui Betty… et il paraît qu'il est vieux, très vieux. Avec du sable plein la bouche et du sang en vagues déferlantes.

À ces mots, pourtant murmurés, César fusille Bastien du regard.

- Vous ne me croyez pas, c'est ça ? lance-t-il, en se levant.

La colère lui redonne des couleurs et de la vivacité. Il était temps ! C'est ce que juge Betty en les voyant se dresser l'un contre l'autre avant que Pierre n'intervienne. Au moins, eux, ils sont vivants.

Avis de décès

Ils ont fini de dîner.

L'homme repousse son assiette, se lève, attrape sa veste – Mac Douglas encore, le type a ses préférences, c'est clair - et fouille dans sa poche intérieure. Isabelle a un instant de panique. Elle imagine qu'il va sortir, la laisser seule ou pire, la traîner « je ne sais où... ». À cet instant, elle tombe de sommeil et n'a qu'une envie, se coucher. Ses paupières la brûlent et elle décroche un bâillement long comme un tunnel de chemin de fer. Jamais elle ne s'est sentie plus lasse qu'à cet instant.

L'homme revient vers elle en souriant.

-   Ce n'est rien, juste quelques plantes... dans la tisane que je vous ai servie en arrivant... vous allez mieux dormir, ainsi.

Il a parlé doucement. Gentiment même. Isabelle est aussi surprise d'entendre sa voix que la première fois. L'intonation est basse, un peu traînante et elle croit déceler un accent. Il lui semble que ce timbre n'appartient pas à l'homme qui lui fait face. Ou, en tout cas, à l'idée qu'elle s'en fait. Il n'a plus rien de la brute qui lui a saisi le bras au Drugstore ce matin et dont le souvenir la maintient pourtant en alerte.

Il a beau avoir ce côté un peu guindé quand il mange, cette lenteur dans tout ce qu'il fait, elle n'est pas dupe. C'est ce qu'elle appelle un « double-face ». Un faux-cul quoi. Un cran au-dessus. Bien au-dessus même. Sinon elle ne serait pas là. Il vient de déposer une enveloppe devant elle, encore une. Sans la mention « Sous X ». Simplement grise. Avec une croix noire et un liseré gris. D'un signe de tête, il lui fait signe de l'ouvrir. La panique de nouveau s'empare d'elle. À ce jeu-là, il l'a eue à chaque fois. Ses mains tremblent quand elle s'en saisit et l'ouvre.

Puis l'incrédulité remplace la peur.

C'est un faire-part de décès au nom d'un certain Gédéon Labatière, mort le 21 décembre 2015 à l'âge de 95 ans. Les obsèques ont lieu demain. Ici-même. Qu'est-ce que tout cela a à voir avec elle ?

Chaud bouillant

Bastien les a plantés sans même toucher à son assiette. Il a prétexté un aller-retour au « 36 ». Ce qui est vrai, même s'il pouvait prendre le temps de dîner. Le temps pour Pierre de calmer le gamin et pour lui d'annoncer à son équipe qu'il avait une piste. Enfin, une « nano » piste. Parce que le portrait du gamin est un peu succinct. Et les déductions de « La Carpe » à vérifier. Il suppose qu'elles feront passer la pilule de sa débandade matinale.

Il a eu son équipe dix minutes au téléphone sur le trajet en rejoignant Pierre et César à l'hôpital. Le bilan est catastrophique.

Aucune piste sur le drone et son pilote. Idem chez les clodos et les dingues. Restait encore l'ESAT, où les techniciens du feu s'activaient à en définir l'origine, et la maison de retraite.

Là, il a un soupçon. Brochet, son second, lui avait parlé d'une lettre et d'une certaine Renée Le Chapelier, plus connue sous son nom de plume, Renée Archet. À cette heure-ci d'ailleurs, ils doivent avoir fini de l'interroger. Lui-même n'en a jamais entendu parler. Contrairement à sa mère, l'une des onze victimes des Batignolles. Une célèbre violoncelliste. Ses parents, en leur temps, ne juraient que par elle. Pour une fois, il se sent soulagé qu'ils ne soient plus de ce monde. La vie devient vraiment trop moche. Ce qui aussitôt lui fait penser à sa Julie et la douleur jaillit. Jamais loin ce trou dans le cœur, pensa-t-il amèrement. Il la refoule illico, ce n'est vraiment pas le moment. Il a assez perdu pied ces derniers temps. Ce qui le fait sourire et chasse ses idées morbides. Entre « Sa Jambe Pile » et « Perdre Pied », il n'y a qu'un pas ! Au moins, n'est-il pas complètement foutu, s'il sait encore rire de lui-même. C'est ainsi qu'il entre au « 36 » et que le garde de l'entrée le salue, perplexe.

Pierre et César ont fini de dîner. Le gamin a repris des forces mais semble abattu, tout comme lui. La digestion leur tombe dessus.

« La Carpe » hésite. Il voit bien que César est cuit. Il veut, toutefois, entendre encore une fois son histoire. Il ne sait même pas son nom, d'où il vient. Et où va-t-il dormir ?

La question lui saute dessus en le voyant avachi. Hors de question de le ramener chez lui. Encore moins chez Zébulon.

Il sait que Betty a un lit dans sa réserve. Il y a dormi quelques fois au temps de la Grande Maison, quand il n'avait pas le temps de rentrer chez lui et qu'il était urgent qu'il pionce deux ou trois heures. À l'époque où Bastien avait rencontré sa Julie et qu'il ne pouvait plus s'écrouler, comme bon lui semblait, sur son canapé.

Ce qui signifie le laisser seul et Pierre ne se sent pas d'abandonner le gamin, même une nuit, après la journée qu'ils ont passée. Mieux vaut le garder à l'œil. L'entendre au réveil quand il sera frais.

Bastien ne va pas rappliquer tout de suite. Selon ses dires, brefs et succincts, ce qui ne lui ressemble pas, il a déjà fait l'école buissonnière toute la journée. Le « 36 » a dû l'avaler dès la première porte franchie. Vu le merdier, il va y passer la nuit.

À cet instant, Pierre donnerait n'importe quoi pour être là-bas, avec « ses » gars. Depuis qu'il a démissionné, c'est la première fois que le regret lui pince les tripes. Le « solitarisme », comme il l'avait lu un jour dans une chronique humoristique, avait ses limites. Il en paie le prix aujourd'hui. Il regarde sa montre : 21 heures.

Sans Bastien, de qui il attend qu'il déroule les fichiers du « 36 » afin d'établir une liste de prétendants au rôle de « fous furieux qui dézinguent Paris », sans les dernières avancées de l'enquête et avec César qui a basculé sur la banquette pour ronfler comme un bébé, la messe est dite. Autant rentrer.

Ce que confirme un SMS de « La Virgule » dans le quart d'heure qui suit. « Chaud bouillant. En ai pour la nuit. Demain même heure, même endroit ? ». Il n'attend pas plus longtemps, demande à Betty les clefs de sa voiture, promet de la lui ramener à la première heure et rentre chez lui avec César dans son sillon, d'un seul coup ragaillardi.

Gédéon

Il n'a pas attendu qu'elle lui pose la question. Comme s'il l'avait lu sur son visage ou qu'il ait prévu que ce soit sa porte d'entrée. Aussitôt qu'elle avait relevé la tête, il s'était mis à parler.

- La maison où nous sommes est la sienne. Et aussi un peu la mienne. J'ai grandi ici, entre 12 et 16 ans. 52 ans que je n'y étais pas revenu. Il aura fallu sa mort. La voix de l'homme est plus grave que précédemment, presque solennelle. Il parle comme si chaque mot lui coûtait. Isabelle se force à l'écouter en restant concentrée. La fatigue lui joue des tours. Il lui faudrait son bloc-notes ou son enregistreur.

- Elle n'ose l'interrompre maintenant qu'il est lancé.

- Ce que je vais vous dire, peu de gens le savent. Demain à l'enterrement, il ne restera qu'une poignée de témoins de cette époque. Pourtant vous verrez du monde. Toute la vallée sera là. Même au-delà. Gédéon a accouché presque toutes les générations d'enfants depuis 1945. C'était un médecin comme il en existe peu. À la fois généraliste, accoucheur, rebouteux, thérapeute, père spirituel, ami, conseiller… Une « figure du coin » comme on dit. Très respecté, adoré parfois. Surtout des femmes. Il a été élu Maire, trois fois, entre 1947 et 1965.

L'homme fait une pause. Des souvenirs remontent. Un temps qu'il avait relégué loin en lui semble le secouer. Isabelle pourrait presque ressentir son débat intérieur. Elle voit son visage se crisper. Un rictus de douleur et sa main droite vient se plaquer contre son ventre

Il se lève brutalement. Va à la salle de bain. En ressort presque aussitôt.

Lorsqu'il se rassied, il enchaîne comme si rien ne s'était passé.

- Quand mes parents sont morts, j'avais 12 ans, c'est lui qui s'est occupé de moi. On était en 1959, tout était plus simple qu'aujourd'hui. Surtout dans un petit village. Un élu local, médecin réputé, qui décide d'adopter un orphelin… je ne crois pas qu'il ait jamais eu besoin de faire les papiers. Tout le monde connaissait mon histoire. Les gens pensaient que je m'en sortirais mieux avec lui. Il m'a tout appris ou réappris, pourrait-on dire. À manger, dormir, me laver, lire et écrire. Il m'emmenait partout avec lui, même quand il travaillait…

- Isabelle a du mal à voir l'adolescent en lui. Si elle calcule bien, l'homme a 68 ans. Elle lui en donnerait au moins dix de plus. Sa maigreur, ses cicatrices, ses rides, sa lenteur. Ses soubresauts de douleur. Dans la voiture et à l'instant. Cet homme est un point d'interrogation pour elle. Trop de distorsion entre ses bonnes manières et sa brutalité, entre ce qu'il raconte et ce qu'elle a lu de ses lettres.

- … Il m'a sauvé la vie.

Elle a perdu le fil un instant. Le silence qui suit sa dernière phrase lui fait reprendre pied. Elle secoue la tête pour réprimer un bâillement. Mon Dieu ce qu'elle est fatiguée. Des plantes, tu parles ! Il a dû mettre les racines, le bulbe, toute la forêt avec, ironise Isabelle pour elle-même.

Puis elle se fige. L'homme l'a percée à jour. Il la fixe, le regard dur.

Manquerait plus qu'il se vexe, s'inquiète aussitôt, Isabelle. Elle prend un air désolé.

- On va remettre cet aparté à demain, dit-il ironiquement. Les obsèques sont à dix heures. Je ne voudrais pas qu'on croie « je ne sais quoi » à vous voir bâiller comme un vulgaire paresseux.

Puis il se lève, coupant court à tout dialogue, claquant la porte derrière lui.

Un cas d'urgence

L'hôpital Pasteur a retrouvé son calme. Enfin, à peu près. Si l'on prend le laps de temps entre hier, 24 décembre 17, heures et aujourd'hui, 25 décembre 23h30. Ce n'est pas tant les blessés qu'il a fallu soigner puisque les attentats de Noël ont malheureusement fait plus de morts que de rescapés. Mais les familles, amis, visiteurs, témoins qui ont envahi le bâtiment et dont il a fallu évaluer le degré de traumatisme, comme si « à la louche », comme ça, en cinq minutes, c'était possible. Un travail de titan d'où Julie s'extrait quelques minutes pour fumer une clope.

Même si elle a arrêté et qu'elle juge débile de reprendre. Elle est devant les « Urgences ». En retrait. Pas vraiment aussi seule qu'elle l'espérait. Car, évidemment, la souffrance n'a pas d'heure de fermeture ni de jour férié. Elle tapine sans vergogne, à chaque seconde, certaine de trouver son âme sœur. Pour un soir, une nuit, une semaine, des années. Qu'importe son rang social ou son compte en banque, pourvu que la chair frémisse.

C'est une guerrière et chaque combat nourrit sa faim. Une faim que Julie a choisi d'apaiser en devenant thérapeute mais qui, ce soir, devant la multitude, l'effraie. Un an qu'elle est en poste. Trop jeune encore pour garder ses distances. Et ne pas servir d'éponge impunément.

Elle apprendra. Le contexte est singulier. Il ne lui a laissé que peu de répit, toutefois elle assure. Elle le sait. Les patients sont d'une générosité sans bornes et d'une vérité criante. Parfois crue.

D'ailleurs, il est temps qu'elle y retourne. Si l'effet double dose a calmé les patients hospitalisés, il reste tous les autres.

Ceux qui défilent sans interruption depuis que la cellule d'urgence a été créée.

Elle est inscrite sur le planning à minuit. Elle a encore le temps pour un troisième café, une pause pipi et un SMS à Bastien. Elle sait qu'il ne répondra pas. Ça ne peut pas lui faire de mal de les lire et surtout à elle, ça lui fait un bien fou. Incroyable que leur réconciliation soit tombée le matin même du jour le plus noir de Paris.

L'instinct de survie ? De préservation ? Son inconscient ?

Il faudra qu'elle y réfléchisse.

Plus tard, parce que là, tout de suite, alors qu'elle s'apprête à rentrer, une infirmière, Joëlle d'après ce qui est écrit sur sa blouse, l'apostrophe, les larmes aux yeux.

-       Est-ce que je peux vous parler ? Je sais que vous devez y retourner… je ne serai pas longue.

Julie pense aussitôt que ce ne sera pas le cas. Elle sent la femme en grande détresse. Son regard cerné d'épuisement et suppliant, ses mains qu'elle noue devant elle en un geste de prière nerveuse et surtout ce poids sur les épaules qui semble la tasser, pas du tout conforme à sa charpente plutôt grande et ossue.

Julie tergiverse, elle ne se sent pas le droit de refuser et en même temps… la femme ne lui laisse pas l'opportunité d'hésiter et va droit au but.

-    C'est à propos d'hier. Vous savez, quand tout a sauté dans le service du Docteur Laroque. Je crois savoir qui c'est…

La femme fond en larmes. Se cache le visage dans les mains en répétant « Oh mon Dieu, oh mon Dieu… » Julie reste interdite un instant. Regarde autour d'elle, revient à la femme puis à sa montre puis autour d'elle et encore à la femme. Joëlle ne semble pas du tout se calmer, comme si elle avait ouvert une vanne intarissable.

Julie sent la panique courir dans ses veines. Ses pensées s'enchaînent, en désordre.

Cette infirmière épuisée ? Qui déraille ? Un cas d'urgence ? En même temps ce n'est pas son boulot. Plutôt celui de la police. Bastien. Ah, oui c'est ça, tout le monde sait ici qu'elle est la femme du Capitaine Bastien Pardieu…

La femme qui s'excuse maintenant.

-    Pardon, pardon … je n'en peux plus. Je ne savais pas quoi faire et je vous ai vue… pardon… pardon…

Julie la voit qui recule en se répétant confusément, manque de trébucher, opère un demi-tour et s'en va précipitamment. Alors, dans un « Et merde ! » rageur, elle s'élance pour la rattraper.

ZOOM ARRIÈRE
Précédemment

> *« Je crois qu'en tout homme*
> *Il y a un autre homme.*
> *Un Inconnu. Un Conspirateur*
> *Un Rusé ».*
> Stephen King

Voix off. Celle de la nuit.

Qui vient tapisser vos rêves ou vos cauchemars. Témoin omniscient, présent, encore pour quelques heures. Avant qu'un nouveau jour se lève et n'éclaire le récit de faits nouveaux. Deux jours se sont écoulés. Deux jours longs comme un début d'éternité. Alors la nuit prend son temps. Elle sait qu'il faut du repos aux hommes.

Elle veille. Attentive. L'ouïe fine.

La vie a saigné et des personnes sont mortes.

Aujourd'hui ce sont elles, mais ça aurait pu être vous.

Vous le savez maintenant.

La grande Histoire s'intéresse aux coupables. Sur les rotatives s'impriment déjà les gros titres que vous lirez demain :

« S'en prendre à des enfants, un crime de profanation : le meurtre d'enfants incarne notre expérience du Mal la plus intolérable ».

« La ville reste hagarde, après les attentats du 24 Décembre. »

« C'est l'acte d'un illuminé, assure le Président. »

La petite histoire, elle, se confie à mots couverts.
César à Pierre.
Joëlle à Julie.
Renée au Brigadier-Chef, Sylvain Duflot.

Alors la nuit se tait et elle écoute.

Pour nous faire patienter, elle nous offre, en partage, des souvenirs.
Mémoire de ce que parfois, entre chien et loup, le jour lui confie.

Huit mois avant

« Un à deux ans », c'est ce que lui a dit l'éminent Professeur. Son âge joue en sa faveur. « À 68 ans, tout va plus lentement, surtout, a-t-il précisé, avec un bâti comme le vôtre ».
Drôle d'expression : Un « bâti » ! Le professeur a-t-il décelé ses racines canadiennes ?
Après cela, il lui a donné une batterie d'examens à faire. L'homme n'a même pas fait semblant de vouloir écouter. D'un mouvement de tête, il a fait signe qu'il comprenait les risques, l'a remercié puis il est sorti.
Sa décision était prise avant même de savoir, il voulait juste connaître les termes de l'échéance. Le *timing* était parfait. Le crabe ne gagnera pas, ni

même ses ennemis. Sa chute, il l'a décidée bien avant que ses intestins ne se rebellent. Il a encore donc largement le temps de tout planifier.

De liquider les derniers contrats. L'ultime lui appartenant de droit. Il l'avait décidé à 12 ans, quand l'obligation avait fait de lui ce qu'il était devenu. Il ne regrettait rien. Il avait accompli son destin.

Cinq mois avant

« *Vient un temps où tout est dans l'économie, où l'on se rend compte de la dimension d'un geste, de la puissance d'une respiration, de la vocation d'un mot. Un temps où chaque minute additionnée est une victoire.*

Le gaspillage n'est plus permis. Du premier cri au dernier souffle, l'humain ne fait que vieillir. Je l'ai appris, à mon corps défendant, comme tant d'autres avant moi.

Lentement, insidieusement, année après année, la vieillesse s'installe. Elle rabote, soustrait, retranche, grignote. Puis, un jour, elle cède. Le plus souvent, on en meurt. Parfois, on y survit. Autre chose apparaît qui n'est plus cette sénescence du temps qui passe. Je ne sais pas exactement quoi. Personne n'a su me le dire avant que je m'en aperçoive, seul, un matin. Il y a de cela six mois.

D'un coup, j'ai su que plus rien ne se déréglerait. Jamais. Le ralenti de la vie a une limite. Les quelques forces qui me restent seront

170

disponibles jusqu'au grand saut. Il ne faudra plus compter sur les pertes ni les soubresauts. Les derniers acquis sont là et avec eux, une certitude.

Ce temps-là ne s'appelle plus la vieillesse. Il n'est plus dans la diminution, le restreint, la soumission. C'est comme un espace immobile où tout se fige. C'est une lenteur plus exigeante que toutes les précédentes parce qu'il n'y a plus rien à perdre ni à gagner.

Ça ne va ni pire ni mieux, ça va pareillement.

Aujourd'hui, je peux mesurer chaque respiration, éprouver chaque mot, tempérer chaque geste avec la même régularité que le jour d'avant. Dans une espèce d'imperturbabilité des possibles. Dans la répétition têtue des gestes quotidiens, une constante est établie. Une sorte de permanence, suffisante, vitale, essentielle.

Ne reste plus qu'à attendre. La mort viendra me surprendre en l'état ou pas !

Car il est certain que dans cette économie de tout, la langueur du temps m'étirera plus que je ne pourrais en supporter ».

Bulletin 53. AdB
Témoignage anonyme.

Trois mois avant

La retraite l'a mis « chaos » dès le premier jour. Deux ans qu'il est au rebut, qu'il ne compte plus pour personne.

Vingt-quatre mois qu'il se voit vieillir.

Cent quatre semaines qu'il est inactif.

Il a additionné les jours, puis les minutes et même les secondes. Un tunnel infini à le rendre fou, qui l'a conduit à cette certitude : le manque est assassin et tue en vous ce qu'il y a de meilleur.

Au départ, il a tenté de résister. Il se voyait intégrer le parti, prendre des responsabilités, proposer des solutions. Il en était vite revenu. Une pléthore de geignards sans rien dans le froc, prêts à s'excuser à la première étincelle. D'insignifiants pantins qui gesticulaient grand sur l'estrade mais qui refusaient de se salir les mains.

Depuis, sa haine a salement grossi. Toute sa vie au service de la France et il va crever seul, sans un dernier baroud d'honneur. Comme un con !

Cette pensée ravive sa rage. Il se lève du canapé et va se poster devant la fenêtre. C'est pourtant facile d'arrêter tout ce bordel. De reprendre le pouvoir. Il l'a fait tellement de fois, avec un simple CAP en poche. Il a même été l'un des meilleurs. Quel gâchis ! La France vit une grande débâcle. Elle n'a plus à sa tête que des politiciens vénaux, des jaseurs, des couilles molles.

Pour l'homme, la coupe est pleine. Sa rogne se fige à l'instant même où l'idée prend forme. Noël se profile à l'horizon. La fête des cathos. Du capitalisme triomphant. C'est l'occasion ou jamais.

Un mois avant

Maintenant il est au fond. Il le sait. C'est la fin. Le bout du bout. Il est comme eux. Épaules voûtées, tête baissée, jambes traînantes, habillé de honte, la mine pitoyable. Il a perdu tout espoir, pourtant il est venu.

Instinct de survie. Qui sait ? Une dernière chance, peut-être ?

Que quelqu'un le remarque, lui tende la main, lui dise que c'est une erreur, qu'il change de file. Trop tard, la nuit est tombée et lui avec. Plus bas qu'il ne l'a jamais été. Si elle se relève demain à l'aube, lui n'est plus sûr d'avoir envie de le faire.

Il faut savoir dire « stop ». Le mal n'a plus rien à rogner. Il lui a tout bouffé. En même pas six mois. Dans une indifférence générale.

Il aurait fallu qu'il demande de l'aide dès le début. Il n'a pas su, pas voulu. La colère l'a submergé et une chose en entraînant une autre, il est là, ce soir. Quand la roue tourne, tu peux résister à tout ce que tu veux, elle finit par t'emporter. Elle te broie impitoyablement. Tout le monde te lâche et chacun retourne à sa vie.

Sa vie, ses priorités, son boulot, sa famille, ses amis, Facebook, sa petite notoriété. Les infos du soir. L'univers en virtuel. Et soi, soi, soi.

Il avait été de ceux-là. Pas méchant. Tout au plus indifférent. Jusqu'à ce que ça fasse tilt et que tout explose. Il avait bien fallu ouvrir les yeux.

Alors, l'homme, d'un coup se redresse.

La télévision, bien sûr, la télévision.

C'était cela la réponse. Il suffisait d'ouvrir les yeux. Le monde entier ne se résumait plus qu'à quelques pouces, pixels et centimètres d'illusions, gavé d'images, de sensationnel, de téléréalité.

C'est de cela dont ils avaient besoin. Lui et les autres, d'un bon coup de projecteur, d'images chocs. Qu'on parle enfin d'eux. Le silence avait assez duré. Personne n'était plus à l'abri de se retrouver un jour à sa place. Personne.

Quinze jours avant

Il est à son chevet, impuissant, exténué, passablement en colère.

Il la regarde dormir. Elle est belle.

À cet instant, c'est encore plus vrai. Au naturel, sans fard ni trucage. La mâchoire souple. Le front lisse. Le lâcher-prise du sommeil, si tant est qu'on s'y abandonne, est un excellent révélateur, sans compromis possible.

Il prendrait bien une photo pour la lui montrer mais il n'en a pas le droit. Son rôle s'est arrêté à l'instant même où elle a ouvert les yeux. À ce moment-là, d'autres ont pris le relais et il ne pourra plus compter que sur leurs compétences pour éviter la récidive.

Combien en a-t-il vu et combien en verra-t-il encore ? Il ne sait pas. Pourtant chaque cas lui a laissé un souvenir, soit parce qu'il a réussi, soit parce qu'il a échoué. Et qu'à l'issue de ces deux options, un seul sentiment a toujours persisté, celui d'un grand vide. Une poignée de secondes où il ne se sent plus exister, comme si l'autre l'avait totalement absorbé.

Il sait qu'il n'est pas le seul à vivre ça, c'est le prix à payer dans son métier. Cette espèce de toute-puissance que lui confère son rôle. Vanité quand tu nous tiens !

En ce mois de Décembre, ses illusions tombent le masque. Il a trop de fois vécu cette époque pour en espérer un miracle. Il sait que dans quelques jours, les urgences vont hurler et les grands vides s'additionner.

Il n'a plus la force ni le courage de faire semblant, de faire « comme si ». Si encore ce n'était que de l'épuisement. Mais il le sent, quelque chose d'autre est venu s'ajouter. Une émotion dont il ne se serait jamais cru capable. La colère, mêlée d'impuissance, de frustrations et de désarroi. D'un trop-plein qui s'est accumulé au fil des années et de ses silences.

S'il inversait les rôles, qu'il les prenait à leur propre piège ? S'il leur donnait ce qu'ils veulent vraiment ? Juste un soir. Alors peut-être que, lui aussi, n'aurait plus à se battre.

Jour J

L'homme va vite. Pressé de partir, d'en finir. Excédé par le bruit, le manque de sommeil. Et Manon. Elle commence sérieusement à lui courir sur le système, celle-là. Avec sa folie des grandeurs et tout le tralala du réveillon.

Jolie mais chieuse. Vingt fois qu'elle le bipe depuis ce matin. Des SMS en forme de compte à rebours. Une vraie hystérique ! Dire que, ce soir, il doit rencontrer ses parents.

Dans quel merdier s'est-il encore fourré ?

Les femmes sont incompréhensibles. À double face. À chaque fois il se fait avoir. Elles minaudent les premiers mois et quand elles vous tiennent bien par les couilles, le maquillage coule. Elles se prennent pour des princesses et les reproches arrivent.

Il leur faut tout, tout de suite et, l'instant d'après, son exact contraire. Vraiment, il a le chic pour les choisir. Si encore il était amoureux. Vraiment amoureux. Parce qu'avec des filles comme ça, c'est à se demander s'il ne devrait pas virer sa cuti. Il branche son portable. Regarde l'heure. Déjà cinq minutes de retard. Il devrait être en scène. Tout le monde l'attend. Il les entend. S'il n'arrive pas, le public va partir en couille. Il les connait bien.

Il se regarde une dernière fois dans le miroir. Sourit. C'est parfait. Même lui ne se reconnaît pas. Du bon boulot ce nouveau costume, de la belle facture. Pas le genre d'article à 10 balles qu'on trouve chez « Farces et attrapes ».

Mais putain, qu'est-ce qu'il a chaud déjà.

On crève là-dessous. « Allez go », en scène !

Le spectacle peut commencer.

ACTION
26 décembre

« Nous nous développons
En brisant nos limites.
Les défis les plus difficiles nous permettent
D'approfondir nos prières
Et d'ouvrir une brèche
Grâce à notre courage »
Daisaku Ikéda.

César

À l'aube…

« …Je ne sais pas dire quand tout a commencé, à quel âge exactement… Est-ce que j'ai toujours baigné dedans ? C'est possible. Ce n'est pas comme si c'était venu brutalement, comme un coup de tonnerre ou quelque chose d'extraordinaire. C'est venu petit à petit, sans que je m'en aperçoive. Au début, je croyais même que c'était un rêve ou plutôt un cauchemar. Comment faire la différence ? J'étais petit. Je manquais de mots. On pensait que j'affabulais. Je n'étais qu'un enfant abandonné, seul, qui divaguait. Je les entendais parler entre eux. C'était à peu près toujours dans les mêmes termes : « Si on devait faire attention à tous les gamins qui s'inventent des histoires. À cet âge-là, on imagine n'importe quoi. Il a juste besoin qu'on s'occupe de lui ». J'atterrissais ailleurs. On oubliait de prévenir la nouvelle famille d'accueil.

Les dossiers ne sont jamais vraiment remplis complètement. Si on veut qu'une famille vous accepte, il faut savoir ne pas tout dire. En cacher le plus possible. Se permettre des oublis.

Maintenant que j'ai 18 ans, tout le monde s'en fout. L'État a fait son job. Il a paré aux urgences, m'a donné un toit, de quoi grandir, des semblants de parents. Un minimum d'éducation. Comme je n'étais pas trop doué pour les études, pas assez attentif, j'ai bifurqué vers un apprentissage. Je ne me suis pas rebellé. De toute façon, à partir de 10 ans, le « Rêve » a pris tellement de place que je n'ai jamais plus pensé qu'à ça. Comme si je n'avais plus le choix. Je devais accepter. D'ailleurs, j'ai lu que c'était ce qui faisait la différence entre le religieux et le spirituel. L'un croit en une personne, l'autre en son expérience. Ça m'a vachement aidé. J'ai compris que je devais continuer, seul. Quand tu es pupille de la nation, si tu fais un pas hors de la normalité, tu passes vite pour dingue. Vu notre abandon originel, on est tous censés être d'office « trop quelque chose » : sensible, perturbé, dépressif, caractériel. En tout cas, assez bousillé pour que nos petites manies passent dans le registre de tout un tas de mots prêts à l'emploi.

Estampillé « confidentiel ».

C'est un mot qu'on apprend très jeune, dès les premières nourrices. Tout est secret d'État pour un gamin abandonné à la naissance. « Sous X » étant la lettre définitive qui établit ton identité. En fait, je ne m'en plains pas. Le bon côté à cela, c'est qu'au final, pour peu que tu ne fasses pas de *vagues, que tu suives la route sans faire de bruit, on te fiche royalement la paix. Il y a un panel de gamins qui ne se font jamais à l'abandon, aux placements, aux foyers, etc. Ça use les éducateurs, les familles, tous les intervenants du système. À se concentrer sur ceux-là, ils en oublient les autres, dont moi, même si j'ai fait ma part, au moins avant de maîtriser le « Rêve ».*

Pierre a mal dormi.

D'un, parce qu'il a laissé sa chambre à César et donc il a couché sur le canapé ; de deux, parce qu'il se rappelle très bien ce qu'il lui a raconté hier soir en rentrant. Ce matin au réveil, il hésite encore. Délirant ou complètement barré ? Ou les deux à la fois ? À moins qu'il ne soit juste un affabulateur. À aucun moment, le gamin n'a laissé paraître la moindre émotion. Quand il a voulu poser des questions, César a fait comme s'il ne l'entendait pas. Une capacité d'évitement incroyable, digne d'une porte blindée, de l'acier trempé. Ce gamin s'est construit un personnage et n'en démord pas.

Pierre en a déjà rencontré des mômes comme lui. Ils jouent au plus fort, pensent tout maîtriser et un jour, ça leur pète à la gueule. Décompensation, me voilà ! À supposer que ce qu'il raconte soit vrai, ce n'est pas plus rassurant.

Ce gamin n'a pas d'attaches ni de repères autres que le monde qu'il s'est bâti dans la tête. Il prêche la bonne parole à la sortie des bouches de métro et s'est donné comme mission de sauver le monde. Pas besoin d'être « Docteur ès machin chose » pour s'apercevoir que c'est lui-même qu'il essaie de sauver. Sa seule « personne ressource » est Zébulon et son seul lien solide, sa sordide chambre de bonne au sixième étage. Deux refuges qui ont implosé hier et où, Pierre en parierait sa énième clope, César n'est pas près de remettre les pieds.

Intuition

En sortant du « 36 », Joëlle est soulagée. Fourbue, choquée, écœurée même, mais soulagée. Parler lui a fait du bien, même si elle se sent coupable, même si elle est certaine d'avoir perdu Hervé, à jamais.

Quand elle a vu Julie Pardieu, dans la cour de l'hôpital, elle n'a pas réalisé ce qu'elle faisait. Elle a suivi son intuition et s'est retrouvée à tout déballer. Leur romance nouée trois mois plutôt. Elle infirmière, lui médecin. La difficulté certains soirs de supporter une nuit de plus. Tous ces patients qui voulaient en finir. Qu'on sauvait de justesse.

Ou pas.

Toutes les fois où elle avait surpris Hervé au chevet de l'un d'eux. Ses colères certains jours. Ses confidences désabusées sur son métier. Peu à peu consciente qu'il sombrait dans une forme de dépression ainsi que son refus de l'admettre. Ses propositions de tout liquider et de se barrer à l'autre bout du monde. Jusqu'au matin du 24 décembre, où il avait mis un terme à leur relation. Sans explication.

Où avait-il disparu alors qu'il était de garde ?

Après il y a eu ce que l'on sait, le premier attentat à la Santé et Saint Eustache, puis Belleville et Wagram. Et enfin eux. C'était dément. Elle n'a plus eu une minute à elle. L'urgence, l'urgence, l'urgence. Sans répit. Dans le chaos le plus total. Jusqu'à ce qu'elle apprenne le soir à minuit, presque par inadvertance, que son chef, le Docteur Hervé Laroque, était parmi les blessés.

C'est à ce moment de leur conversation que Julie a appelé Bastien. Quand Joëlle est restée bloquée sur ces mots. Tétanisée.

Cinq heures et vingt minutes plus tard, Joëlle Collettes rentre chez elle. De son attente dans les bureaux de l'Identité Judiciaire, elle a emporté une vieille édition du journal « Le Parisien » datant du 16 décembre 2016 dont le dernier titre l'a fait pleurer tout le chemin du retour.

« Vigipirate, l'affaire de tous ».

« Une menace extrême sur les fêtes de Noël ».

« L'ombre du terrorisme : Europol donne l'alerte ».

« Faites appel à votre bon sens et à votre intuition ».

Rue Petit

César se lève et trouve Pierre dans la cuisine, le nez collé à son écran d'ordinateur. Le privé n'a même pas pris la peine de s'habiller. Vêtu d'un bas de pyjama bleu marine, torse nu, il semble à des années-lumière de l'endroit où il se trouve.

Complètement hypnotisé par la lecture des lignes de chiffres et de mots qui défilent devant lui. C'est à peine s'il relève la tête quand le gamin vient se poser derrière lui, un mug de café à la main.

Ils restent un bon moment ainsi avant que Pierre ne se décide à parler.

- Je finis et je suis à toi.

César sourit et se décide à bouger. Il a gagné. Au jeu du silence, il gagne toujours. Il se dirige vers la salle de bain et donne à Pierre quinze minutes de rab.

Quand il revient, celui-ci est en train de taper un SMS.

- Je vous ai piqué ça, dit-il en montrant une tenue de jogging et d'antiques tennis Adidas. Ça flotte un peu mais ça ira. Je reviens dans quarante minutes. Dac. ?

Pierre hoche la tête, regarde le gamin faire demi-tour et appuie sur « envoi ».

Ne reste plus qu'à attendre.

Le SMS de Bastien reçu une heure plus tôt « Pas fini. Rdv 13H. Regarde info 12H. Carte blanche, au choix : Émile Kerwak. Christian Sarde. Bruno Tek. Thierry Pingre », l'a complètement déconnecté du problème « César ».

Il se demande ce qu'il va bien pouvoir en faire ?

Ce môme est barré. Gentil mais barré. Pierre n'a jamais eu l'âme d'un père ni même d'un grand frère. Il a été absurde de l'amener jusqu'ici et d'écouter ses sornettes. Même si celles-ci les ont amenés, lui et Bastien, sur la piste d'un des quatre gus précités, César est encore un gosse qui n'a rien à faire dans ce merdier.

Dans moins d'une heure, Pierre Blondin, ex-flic devenu détective privé, va devoir sortir. Faire ce que la France estime qu'il est encore capable d'offrir à la Nation.

Et n'en déplaise à César, ça ne va pas être « Kosen Rufu» du tout.

Offense

Quand le Brigadier-Chef Sylvain Duflot lui avait demandé de le suivre, Renée commença à envisager le pire. Elle venait de lui montrer la lettre de sa mère : « Pardon. Pour tout ».

Il l'avait lue puis regardée, le sourcil en position circonflexe. Elle s'était contentée de hausser les épaules. Qu'est-ce qu'elle aurait bien pu lui dire que tout le monde ne sache déjà ?

Leur relation mère-fille avait longtemps fait la « Une » des tabloïds à scandales. Certes, c'était il y a quelques années mais la police avait ses fiches, non ? A priori, il s'attendait à autre chose. Il est vrai que, pour un inconnu, c'était un peu succinct. Trois mots et pas une signature. Rien de concret et tellement d'interprétations possibles. Comme quoi, parfois, suffit de pas grand-chose pour enrayer le destin.

Même dans la mort, sa mère était capable de la clouer au pilori. Trois pauvres mots et Renée se retrouvait « embarquée ». Pour un écrivain qui en pondait des centaines, c'en était presque insultant. Il faudrait qu'elle s'en souvienne si elle devait se lancer dans un polar. Comme de son trajet à l'arrière du fourgon. Une première !

Ils avaient traversé Paris en silence, sirène hurlante. La ville à l'agonie en absorbait l'écho, réveillant ici et là une poignée de pigeons et quelques SDF. Dommage qu'il ne lui ait pas mis les menottes en plus, elle aurait eu une belle première scène d'ouverture.

La suite alla crescendo. L'arrivée au « 36 », la pression à haute dose, palpable dans chaque visage croisé. Des portes qui claquent. Des zigzags au pas de course. Des sonneries de téléphone en continu. Et, au terme d'une longue, très longue attente dans une pièce vitrée, l'ouverture à la volée d'une porte qu'on claque derrière soi. Apparition fantomatique du Capitaine de police Bastien Pardieu, la démarche chaloupée, le visage gris de fatigue, le cerne bas, creusé et les premières questions, sans ménagement. Brutales, pressées, cinglantes. Une seule retiendra l'attention de Renée et dont se moqueront bien les enquêteurs : « Comment ? ». Comment Ernestine, Marie, Madeleine Le Chapelier, sa mère, qui n'a jamais tenu qu'un archet dans ses mains, a-t-elle pu offenser sa fille à ce point ?

Heureux !

Lorsque César revient, Pierre est déjà sorti. Il n'en est pas surpris.

Il trouve un mot sur la table du salon « On se retrouve à 13h chez Betty ». Suivi d'un numéro de portable. César sourit. « On ». Ils forment un binôme ? Ça sent le paternalisme à plein nez ou, au choix, l'entourloupe. Le privé a laissé la télé allumée et l'ordinateur en veille. César opte pour les deux suppositions. Ne s'en formalise pas.

Pierre et lui, c'est du même acabit.

Le privé, vieux loup solitaire, s'en défend, mais César l'a rêvé. Son Alpha est aussi transparent qu'une nouvelle aube. De celle qui absout, rachète, lave chaque jour et sans relâche les plaies que l'homme inflige à ses semblables.

Cette manie qu'il a de rouler ses clopes sans les fumer le confirme. Ce type est branché. Plus qu'il ne veut se l'avouer. Pourtant, même s'il tutoie les anges là-haut, il est encore capable de trinquer avec le diable. Il sent que quelque chose de moche se prépare mais contre toute attente, César se sent bien. Les ornières du flic, ce côté sombre qu'il trimballe comme une seconde peau ne l'affecte pas.

Peut-être le privé a-t-il réussi là où César a échoué ? Admettre l'ambivalence, le double face, l'inéluctable tragédie binaire des hommes : le pire comme le meilleur.

Penser ainsi, seul, au milieu du refuge de Pierre rend César un brin euphorique. Il se sent bien. Là où il est, à l'instant, il est heureux. Ce sentiment l'étonne sans l'effrayer. Pour la première fois peut-être, il est en sécurité. Le monde du dehors rugit et lui sifflote. Pas de crise en vue. Pas de rêve cette nuit. Pas de fardeau sur la nuque et au-dedans. Même avec le Doc., ça ne lui est jamais arrivé. Comme s'il avait posé ses valises.

Enfin.

Depuis que Julie a laissé l'infirmière Joëlle avec Bastien, c'est silence radio. Il n'a répondu à aucun de ses SMS et il n'est pas repassé à leur appartement. Elle a navigué à vue toute la nuit, dans l'urgence de ses patients avec la voix *off* de la blouse blanche, Joëlle, en continu dans sa tête.

Sa crise de panique quand elle l'a rattrapée. Ses larmes qu'il a fallu éponger. Ses mots, hoquetés un à un. La peur qui désordonnait sa pensée. Les méandres de celle-ci pour cracher le morceau.

Parce que soulever un lièvre, c'est s'attendre à ce que d'autres accourent à sa suite. Parce qu'un secret ne se construit jamais d'un bloc, qu'il en détient de plus petits et que refaire le voyage du début à la fin prend une énergie folle surtout quand celle-ci a été mise à rude épreuve dans les heures précédentes.

Julie, elle-même, a quitté l'hôpital peu après 6 heures ce matin, sur les genoux, le cœur à l'envers, les tripes en vrac, la tête farcie et une seule certitude : rien de ce qu'elle a fait cette nuit ne soulagera les traumatismes.

Elle a besoin de silence. D'un méga concert de vide, de calme, de paix. Sans mot, sans image, sans pensée. Sa mémoire est pleine. Saturée. Proche de l'implosion.

Elle veut oublier les regards creux, les supplications muettes, les confessions larmoyantes. Le langage n'a plus sa place. Entre ce qu'il se dit et ce qu'il se comprend, existe un gouffre que les mots humains transforment en maux. Drame de l'incompréhension et des regrets. Des « Et si... » qui n'en finissent pas de gémir.

Et elle, Julie Pardieu, psychologue patentée, ne déroge pas à la règle. Trois mois qu'elle se repaît de son malheur, incapable de s'en extraire autrement que dans le repli, la culpabilité et la honte. Plus rien à cette heure du matin ne la différencie de ces gens croisés toute la nuit qui, au terme d'un cauchemar, sont venus chercher des réponses. Tous ont perdu un ami, un parent, un frère. Et même si la cause est extérieure, ils savent que ce qui n'est pas fini de vivre, ce n'est pas seulement l'autre mais aussi et surtout, la relation à l'autre. Avec le « et si j'avais su que c'était la dernière fois que je le/la voyais... » gravé à jamais dans leur âme. Et pour ce que Julie en sait, l'acceptation ne se fera pas sans souffrance.

Une prouesse

Ils avaient tous en tête les événements de ces deux dernières années.

7 janvier 2015 : Attentat de Charlie Hebdo

8 janvier 2015 : Fusillade à Montrouge

9 janvier 2015 : Double prise d'otages à Dammartin-en-Goële et tuerie à Vincennes

19 avril 2015 : Assassinat d'Aurélie Châtelain à Villejuif

26 juin 2015 : Attentat de Saint-Quentin Fallavier

13 novembre 2015 : Multiples fusillades et attentats suicides au Bataclan et à Saint-Denis. Le

plus meurtrier depuis la seconde guerre mondiale. 130 morts et plus de 400 blessés.

Six mois d'apnée avant que le spectre fanatique ne réapparaisse.

13 juin 2016 : Assassinat à l'arme blanche d'un couple de fonctionnaires du ministère de l'Intérieur : Jean-Baptiste Salvaing (Policier) et de Jessica Schneider (Agent administratif).
14 juillet 2016 : Attentat au camion-bélier à Nice. 86 morts et plus de 400 blessés.
26 juillet 2016 : Prise d'otage dans une église de Saint-Etienne du Rouvray.

Au total, pas moins de 240 morts et plus de 800 blessés. Le cancre Bertillon* y aurait laissé sa valise, ses théories, son buste mythique. La France plongeait dans l'horreur et rejoignait sans le savoir, ou si peu, le ventre de la barbarie, sévissant, quasi quotidiennement, dans trente pays :
Cameroun, Nigéria, Arabie-Saoudite, Yémen, Somalie, Libye, Égypte, Pakistan, Irak, Syrie, Afghanistan, Mali, Tunisie, Turquie, Kenya, Tchad, États-Unis, Koweït, Thaïlande, Suède, Bangladesh, Russie, Israël, Inde, Burkina-Faso, Soudan du Sud, Belgique, République du Congo, Japon, et Berlin 5 jours plutôt.

En ce matin du 26 décembre, Bastien baissait la tête sous le poids des statistiques.
Déjà 115 morts et 53 blessés.

Pourtant, il tenait enfin du concret.

Le « 36 » avait déployé ses agents en masse. Toutes les forces de police avaient soudé leurs forces. La Brigade Criminelle, L'Identité Judiciaire, la Police Judiciaire, la Brigade de Recherche et d'Intervention et même la Brigade des Stupéfiants. Les collecteurs de traces revenaient chargés d'indices. Les cavaliers avaient pour la plupart retrouvé leur identité.

Des kilomètres de films et photos avaient figé chaque scène. Une liste de noms circulait.

Le puzzle « Dum-Dum » révélait enfin son vrai visage. Il y avait encore des tonnes de grain à moudre et autant de rubalise à laisser flotter au vent mais le pire était passé.

Bastien était sorti prendre l'air.

La cour de dépôt était parsemée de mégots de cigarette et de dizaines d'agents qui les piétinaient. « La main courante » avait cessé en partie son dring-dring affolé et offrait une accalmie bienvenue.

Le flic suivait le ballet silencieux des hommes. La plupart clignaient des yeux en affrontant la lumière froide et grise, épuisés d'avoir passé la nuit sous les néons.

D'autres, venus prendre l'air, une simple veste sur les épaules, rentraient en tapant des mains, saisis par le froid.

Pour certains, les heures de présence avaient quasi doublé. Ils repartaient du « 36 » en mode zombi, pressés de retrouver un noyau d'humanité. Femme, enfant, ami, parent éloigné, qu'importe, pourvu qu'ils aient les visages d'un ailleurs et un lot de consolation dans leur hotte de Noël.

L'ordre était donné à chacun de garder le silence. Au moins jusqu'à midi ! Heure précise à laquelle le Président de la République, devait s'exprimer. Seul. Ce qui, pour le Capitaine Bastien Pardieu, encore abasourdi des dernières retombées, apparaissait comme une prouesse.

Champagne
Tréhorenteuc, 11 heures.

En retrait de la foule, Isabelle se fait discrète. Des centaines de roses blanches entourent le cercueil. Ni couronne ni composition ni gerbe. De simples roses blanches. Sans papier ni ruban. Déposées une à une. Elle écoute le curé, un vieillard, faire l'éloge de Gédéon Thoreau. Louant son courage, sa force et sa bonté. Un saint homme qui aurait guéri toute la vallée et même au-delà et qui s'en allait comme il avait vécu : humblement.

Dès les premiers mots, Isabelle se met à pleurer. Une boule dans la gorge, les mains dans les poches, elle serre les poings et pousse un profond soupir.

La voix du vieil homme est lente, basse, ponctuée de silences. Il prend son temps, regarde l'assemblée, égrène chaque mot comme s'il voulait que chacun puisse en ressentir le pouvoir. Il règne dans le petit cimetière une atmosphère particulière. De la tristesse bien sûr mais aussi de la sérénité, de l'attention. Une sorte de paix sécurisante qui lui ferait presque oublier où elle est, pourquoi, et surtout avec qui.

Elle a vu « Sous X » aller et venir, serrer des mains, hocher la tête tout en ne la perdant jamais du regard. Puis il l'a rejointe, s'est posté derrière elle, comme une ombre puissante, prête à l'ensevelir. Elle a pensé *Il est temps que ça se finisse*.

Dans cette idée, c'est à elle, à sa vie, à ses peines, à son deuil qu'elle faisait référence. « Sous X » n'étant qu'un moyen comme un autre d'en finir.

Le curé a maintenant fini de parler. Lentement les gens défilent. Tellement de monde. Elle en est impressionnée. Isabelle pense, malgré elle, à cette poignée de « cons » qui viendront certainement saluer son départ dans la plus grande indifférence.

Plus tard, elle suit le cortège jusqu'à la salle communale où un somptueux buffet d'adieu est organisé et où le champagne coule à flot. *En hommage à Gédéon*, lui confie « Sous-X », *son unique péché mignon*, précise-t-il avant de lui tendre un verre et de disparaître. La première coupe lui fait du bien. Alors elle part en chercher une autre et, au passage, tend l'oreille. Un brouhaha presque joyeux bourdonne à ses côtés.

Chacun y va d'une anecdote, d'un geste, d'un bienfait. Toutes les paroles visant à saluer le grand homme et à regretter sa disparition. Le monde perd aujourd'hui un savant humaniste. Généreux, discret, d'une profonde bienveillance.

Sa réputation est à la hauteur de ses pouvoirs.

Il n'a pas juste été un médecin mais aussi, pour beaucoup, un père, un ami, un confident.

Et surtout un grand « guérisseur ».

Si certaines femmes pleurent, Isabelle ne sent dans leurs mots ni faux-semblant ni jérémiades. Pas même de béatitude mystique. Plutôt une reconnaissance sereine et la certitude d'une page qui se tourne. Il leur faudra apprendre à vivre sans. Continuer son œuvre en cueillant chaque jour une rose à offrir.

Isabelle erre d'un groupe à l'autre, silencieuse, attentive. Plus elle va, plus un calme profond la pénètre. Elle a comme une impression de flottement, portée çà et là par ces histoires qui s'offrent en partage. Pour une fois, elle n'a pas la désagréable sensation d'être une voyeuse. Même si elle ne saisit pas tout, elle a conscience d'être un témoin privilégié, de recevoir un cadeau. Elle en est comme enveloppée et se sent incluse dans une entité qui la dépasse.

Alors, lorsque soudain une voix s'élève et demande le silence, Isabelle a l'impression de sortir d'un rêve. L'homme dont elle entend murmurer qu'il est le notaire, sort une feuille de papier de la poche intérieure de sa veste et sans préambule se met à lire :

« J'ai dit oui au vent, à la pluie, aux orages, aux tempêtes. Oui à tous ces chemins traversés d'ornières et bordés de précipices. Oui encore aux griffes des loups plantées au fond de mon âme. Oui et toujours oui aux cyclones des saisons qui ont endeuillé mes ambitions sans tarir mes espoirs. Oui à la vie, quand la mort s'acharnait à me piller

le cœur et faisait déborder mes larmes. Oui sans exception, à tous ces carrefours aux multiples chemins. J'ai voyagé debout, à genoux et parfois à terre mais jamais je n'ai cessé de dire « oui » quand bien même il aurait fallu dire « non ». Je savais qu'au bout de mes « oui » viendrait cet ultime « oui » qui m'ouvrirait la porte. Enfin, l'unique, l'absolu « Oui » qui nous délivrera tous. »

Puis il marque une pause et une jeune femme s'approche. Elle a dans les mains une coupe de champagne qu'il prend solennellement. Il la porte devant lui, à hauteur de front et déclame, la voix légèrement tremblotante :

- À Gédéon, qui nous laisse ainsi ses derniers mots. Et nous savons tous ce qu'ils avaient de précieux.

En même temps que l'assemblée lève son verre en criant « À Gédéon », elle voit « Sous X » revenir vers elle, un épais dossier dans les mains.

Trois options

Christian Sarde. 62 ans. Retraité de l'armée de Terre. Artificier. Démineur. Plusieurs fois décoré. Adhérent au Front National depuis 1975. Il a travaillé dans une armurerie à Bastille puis comme chef de la sécurité à La Villette. 1m75. 85 kilos. Blanc. Signe distinctif : yeux vairons. Dernière adresse connue : 1 rue Dénoyez.

Même profil que les trois autres, à une exception près : le type est mort. Enregistrement du décès, le 25/11/2016 à 3 heures du matin. Un mois avant ce merdier. Tout en se rendant à Belleville, Pierre rumine. Bastien le prend non seulement pour un con mais en plus il risque sa carrière. C'est quoi son problème ?

Son équipe a déjà dû cuisiner les autres types. S'il reste un doute quant à l'éventuel décès de Sarde, c'est à eux que revient le droit d'intervenir. Pourquoi l'envoyer, lui, à l'assaut ? Qu'est-ce que Bastien s'imagine ? Qu'il va rempiler ? Que le « 36 » n'y verra que du feu ? Qu'en lui filant un os à ronger, il se sentira mieux ?

Bastien est convaincu que Pierre perd son temps avec son agence de détective. Plusieurs fois, depuis l'affaire Mac Domino, « La Virgule » l'a sollicité. « La Carpe » a toujours décliné sans explication. Il se pourrait qu'au terme de tout ça, il en ait une, définitive.

L'immeuble de Christian Sarde fait face au squat. Quand Pierre arrive, un camion de pompier s'enfuit, sirène hurlante. Des hommes en blanc s'activent encore sous le regard d'une poignée de badauds. Il repense à Lili et à l'image de ce tatouage, stockée dans son portable qu'il n'a pas eu le temps de montrer à Bruce. Il entend encore le bruit de sa chute, le cri de César, il se revoit la chaussure à la main, le corps à moitié dans le vide.

Souvenirs abominables, qui d'un coup, changent sa rogne en hargne.

Il fait volte-face, tourne le dos au champ de ruines, couvre les 30 mètres qui le séparent du 1 rue Dénoyez, appuie sur le bouton de l'interphone, entend le déclic de la porte et entre.

Deux rangées de trois boîtes aux lettres, six noms, aucun Sarde. Pierre relit chacun des patronymes, lentement et réfléchit. Trois options.

Un : le type est mort, fin de l'histoire. Deux : il se fait réellement passer pour mort et il s'est tiré ailleurs. Trois : il se croit plus malin que les autres et son nom est à lire entre les lignes. Quoi qu'il en soit, pense Pierre, la réponse est sûrement dans les étages. Pathétique

Après le massacre de son repaire, dont il n'a pu sauver qu'un litre de gin, planqué sous le comptoir, Zébulon s'est réfugié dans sa chambre.

Au goulot, sans eau, ni tonic, ni glaçon, à la santé de Bruce, puis de Lili et du gamin, il a levé son verre et s'est saoulé. La nuit l'a emporté. Il a traversé son champ de mines personnel dans un délire nocturne proche de la folie. À croire, tour à tour, que ses parents, revenus d'entre les morts, puis les flics, les curés et même le Pape frappaient à sa porte et lui réclamaient le droit de pisser partout où ils allaient, laissant dans leur sillage une rigole qui devenait flaque puis torrent et qui finissait par l'emporter dans les eaux de l'enfer.

À son réveil, son crâne bat le tocsin à la manière d'un bataillon de marteaux-piqueurs. Il tente de se lever. Pris d'un étourdissement, il s'écroule, le haut du corps pour moitié sur le sol et l'autre sur le lit. Il reste un bon moment ainsi avant de se laisser glisser totalement et de ramper jusqu'à la salle de bain.

Quand il essaie de tourner le robinet de la douche, la force lui manque. Il doit s'y reprendre à trois fois et encore, avec ses deux mains, avant que l'eau ne finisse par jaillir. Alors, il se recroqueville, la tête dans les genoux, les bras autour des chevilles et attend.

D'abord le chaud jusqu'à vider son ballon puis le froid. Quand il peut enfin se relever, les décibels ont considérablement diminué. Ne reste plus qu'un demi-bataillon de tambourins sans les grelots.

Dans le miroir, le reflet est pathétique. Zébulon grimace, affligé. Ce qui a pour effet d'accentuer encore plus sa gueule de travers. Si Léon, son ex-patron avait été encore là, il l'aurait peut-être traité de « trombine en trombone ». Une de ses expressions, quand Zébulon croyait encore à sa carrière de « showman » et mimait, le rictus forcé, les « F.C.P ». À une syllabe près, le vieux l'avait sauvé d'être « Showmeur » et lui, tout ce qu'il trouvait à faire, c'était de péter les plombs et de lui saccager son bar.

D'abord, la mort de Lili puis la défenestration de Bruce. La bulle de trop qui fait déborder la mousse.

Défenestration, mon cul, oui. Sûr que le flic en a fait son affaire. Deux aspirines plus tard, il se recouche et contemple d'un œil torve son petit écran plasma. Il est midi moins cinq quand il entend César secouer la grille.

La terre, le ciel et les anges

Sasha est venue nous rejoindre.

À minuit, j'ai entendu un coup discret frappé à la porte. Elle était là, une bouteille de champagne dans les mains, un sourire timide sur les lèvres et tellement d'amour dans les yeux. J'ai craqué et lui suis littéralement tombé dans les bras.

Mon frère dormait déjà, ce qui nous a laissé une belle partie de la nuit pour parler.

On s'est endormis au petit matin, enroulés dans une couverture sur le canapé du salon. Py nous a découverts ainsi. Je crois que c'est la première fois qu'il me voyait avec une fille. Il n'a rien dit, pas bougé, a dû rester un long moment, les bras le long du corps, en caleçon et tee-shirt, à nous dévisager jusqu'à ce qu'à mon tour je me réveille. Il était 9 heures passées. J'ai glissé doucement le long de Sasha pour le rejoindre. Il m'a laissé lui attraper la main et l'entraîner vers la chambre, il était gelé.

Lorsque Sasha a émergé vers les 11 heures, nous rentrions juste de la boulangerie. Ils se sont retrouvés face à face, lui les bras chargés de nos achats, elle entortillée dans la couverture. Pendant un instant, le silence a pris toute la place. Suspendu, magnifique. Il flottait dans l'air une sorte de courant qui m'a chatouillé les poils.

Personne ne parlait et pourtant, je pouvais tout entendre. Des battements de cœur de mon frère aux pensées remplies d'amour de Sasha. Une émotion nous étreignait tous les trois sans qu'aucun de nous puisse ou même ne veuille l'arrêter. C'était une minute comme je n'en avais jamais connue. D'une telle intensité qu'une larme est venue glisser sur ma joue.

À ce moment, Sasha a souri. Son regard allait de mon frère à moi et elle souriait. J'ai vu Py se tourner vers moi, me tendre les sachets de viennoiseries puis s'en aller tranquillement vers Sasha. En moins de deux secondes, ils étaient dans les bras l'un de l'autre. Je restais coi. Je crois même que j'aurais pu mourir dans l'instant tant l'image qui s'offrait à moi me serrait le cœur. J'ai laissé tomber mes paquets sur le sol, mon « et merde, putain » quelque peu sonore les a fait sursauter, ils se sont tournés vers moi et, dans un même élan, ont pouffé de rire.

Plus tard, alors que le monde en serait encore à digérer les informations du jour, en pleurant sur les victimes, je dirai « je t'aime » pour la première fois à une femme, en priant le ciel, la terre et les anges, de ne pas être le seul à avoir cette chance.

À l'endroit

Le gamin a besoin de lui. Zébulon exulte. César est là et, en plus, il a besoin de lui. Sa gueule de bois a miraculeusement disparu. Le seul bémol, est que, dans son acharnement à tout détruire hier soir, il a réussi. Une demi-heure qu'il s'échine à rassembler là un cordon, ici un clavier, ailleurs un écran et à redresser tables et chaises. Depuis que César est arrivé complètement excité en parlant de tout refaire. Qu'ils sont en train de se fourrer le doigt dans l'œil. Qu'il a rendez-vous à 13h et qu'il ne partira pas sans sa carte à l'endroit.

Zébulon n'a pas tout compris et, à dire vrai, il s'en fout. Il a sauté dans sa vieille salopette, celle dont il se sert habituellement pour descendre à la cave et, au milieu du fatras, s'ingénie à reconstituer un ordinateur digne de ce nom. Le gamin ne cesse de s'agiter autour de lui. Regarde l'heure. Lui demande sans cesse s'il a fini. Si ça marche. *Quand est-ce qu'il sera prêt ?*

Zébulon l'a rarement vu dans un tel état d'agitation. Il fait son possible mais si le gamin n'arrête pas son cirque, il va vite regretter son euphorie passagère et le renvoyer d'où il vient. César doit le sentir et, dans la seconde qui suit, stoppe tout mouvement. Cinq minutes après, la magie opère, le PC émet un bip et une fenêtre s'ouvre. La connexion est lente, certaines touches du clavier ont sauté mais dans l'ensemble Zébulon s'en tire plutôt bien. Le gamin sait exactement ce qu'il veut, donne des directives précises, patiente, évalue le résultat, demande à voir la précédente version, rectifie encore et ainsi de suite jusqu'à ce que l'image qui est dans sa tête s'affiche enfin à l'écran. Le triomphe est pourtant de bien courte durée. Dans la bataille, l'imprimante a définitivement rendu l'âme.

Fatalité ?

26/12/2016. Midi.

Allocution du Président de la République. La France retient son souffle.

Midi vingt, elle le relâche. À la fois consternée, en colère, dépitée et perplexe. Pense-t-elle qu'on lui cache des choses ? Le Président sait-il que la psychose, nourrie depuis trois jours, espère d'autres réponses ?

Que son peuple attend qu'il désigne un coupable. Un nom. Un visage. Que le bilan fourni est trop pauvre et les efforts de la police trop lents. Que la cohérence est un devoir, une nécessité.

Que peut-on encore attendre d'une Nation qui laisse ses drones obscurcir son ciel sans personne aux commandes ?

Comment un SDF, c'est-à-dire un homme sans argent et à la rue, peut-il se procurer de quoi fabriquer une bombe et la faire exploser en plein centre de la Capitale ?

Qui est cet homme, assez expérimenté, qui s'offre le droit de faire sauter des immeubles ?

De quel droit une diva s'arroge-t-elle le pouvoir d'empoisonner ses congénères ?

Comment un médecin urgentiste, censé sauver des vies, peut-il décider de les asphyxier ?

Et qui sont ces fabricants, dont on pense qu'ils assurent nos communications, capables d'autant de négligences ?

Le tout, à une heure d'intervalle, sans lien aucun ?

Le monde serait-il devenu fou, pour rien, en un jour ? Comment un Président peut-il parler de fatalité ? En appeler au bon sens, à la raison et au calme ? Pourquoi aujourd'hui ?

Lana

Des Buttes Chaumont à Châtelet, une sacrée trotte. César a couru tout du long. Il est 13h20 lorsqu'il pousse la porte de « Chez la Mère Bravo ». Bastien est déjà là, accoudé au comptoir à se faire consoler par Betty. Sa gueule d'ange en a pris un sacré coup. Dans ses yeux, le gris a supplanté le bleu, effaçant toute profondeur. Tels deux lacs noirâtres, perdus au milieu des ombres, ils révèlent à qui ose s'y plonger, l'impasse de sa longue nuit au « 36 ». Betty l'écoute depuis un bon moment, soignant sa diatribe à coups de cafés et de regards qui en disent long. Elle a pour ce flic une tendresse particulière.

Des années qu'elle le voit rouler sa bosse, évoluer. Presque si elle l'a vu grandir.

La première fois qu'il est venu, il n'avait pas 20 ans. Il débarquait de sa province et disait à qui voulait l'entendre qu'un jour, il serait un grand flic. Il était comme un chien fou, curieux, vif, débordant de santé et d'enthousiasme. Son duo avec Pierre, à l'époque Capitaine de Police et donc son supérieur hiérarchique, lui a valu ses premiers faits de bravoure et sa « Jambe Pile » comme il aime lui-même la nommer.

Une fusillade à Ménilmontant. Une balle perdue. *Pas pour tout le monde* ! Six mois de convalescence. *Et que boîte la galère !* Son humour a compensé sa perte d'autonomie, son intelligence a fait le reste, sa Julie pas moins.

Betty ne l'a rencontrée qu'une fois. À leur mariage, il y a deux ans. Sa tendresse s'est posée en certitude ce jour-là. Si elle avait eu un fils ou une fille, elle n'en aurait pas voulu d'autres. Deux gueules d'ange, ça lui en a fait des papillons dans le ventre. Alors, quand au milieu de son éloge funeste sur la nuit qu'il vient de passer, elle entend Bastien ajouter qu'en plus il est un assassin d'enfant, son alarme maternelle lui hérisse l'échine.

Elle le voit ouvrir son téléphone portable, pianoter quelques instants dessus et le lui tendre Betty encaisse le choc et le regarde, muette d'interrogations.

« La Virgule » affiche un sourire plat et d'un mouvement las, désigne la rangée d'alcools derrière le bar. César qui, depuis son arrivée, n'a pas voulu les interrompre est lui aussi surpris. Il les regarde tour à tour, un vague picotement au sommet du crâne suivi d'une envolée d'oiseaux dans le plexus, signe qu'un message ou qu'un présage rejoint ses terminaisons nerveuses. Aussi, hoche-t-il la tête quand Betty aligne trois verres et leur sert un doigt de cognac. À l'instant où Pierre déboule et balance nonchalamment une clope sur le comptoir. Il les contemple, curieusement, mal à l'aise.

- Bah quoi, je n'ai que trente minutes de retard ! Vous en faites une tête, on dirait des momies ! On fête quelque chose ? Alors, Betty pose un autre verre et offre une seconde tournée.

Trois contre un, Bastien ne peut pas se défiler. Même si ce n'est foutrement pas le moment et qu'au second verre, il regrette déjà sa faiblesse.

Alors il leur raconte Lana. Sa joie, il y a six mois, d'apprendre qu'il allait être père. La volonté pour Julie de garder le secret *jusqu'à ce que l'on soit sûr. Que le bébé soit bien accroché.* La claque quelques semaines plus tard.

Le gynécologue-échographiste abrupt, Julie remplacera par « maladroit ». Il la pensait probablement plus forte, plus à même d'entendre la vérité sans emballage-cadeau.

Les examens. L'attente.

Puis la sentence.

Anomalie ou maladie chromosomique, le syndrome de Turner.

Il manque un chromosome sur la paire de chromosomes sexuels. Risque accru de malformation cardiaque. Pronostic vital engagé. Mère et enfant.

Interruption Médicale de Grossesse proposée. Et, comme si ce n'était pas suffisant, le sursis obligatoire. Encore une batterie d'examens : biopsie du trophoblaste. Préciser la source, le pourquoi du comment. Si leur désir de fonder une famille avait un avenir ou s'il s'arrêtait là.

Trois mois d'indécence à voir enfler un ventre, à laisser grandir un enfant qu'il fallait tuer avant terme. Et ce n'était soi-disant pas de leur faute.

Le choix des armes, IMG : Interruption Médicale de Grossesse. Sous anesthésie générale et aspiration ou déclenchement des contractions et accouchement par voie basse ?

L'enfant qui s'échappe une nuit de septembre. Qu'il voit glisser de sa Julie. Un fœtus qui enfante sa mort dans un sourire figé et une main sur le cœur. Tel que la photo sur son portable le montre.

Lana. Qui aurait dû naître, là, bientôt. Au printemps.

Écran blanc

Une bougie.
Une minute de silence.
Une étoile de plus.
Certains deuils intimident les mots.
Prennent du temps.
Demandent beaucoup d'amour.

Ils avaient l'air de conspirateurs, ainsi réunis, tous les trois, autour de Bastien. Instinctivement et d'un même élan, dès qu'il s'était mis à parler, ils avaient fait bloc. Sorte de bulle protectrice, Pierre et César de chaque côté, Betty derrière son bar, sur la pointe des pieds, en écoute rapprochée. Ça ne lui avait pourtant pas pris longtemps de murmurer sa confidence mais quand enfin ils s'étaient désolidarisés, ils semblaient épuisés. Ils avaient chacun à leur manière retenu leur souffle, attentifs, désemparés, meublant les vides, imaginant les scènes. Meurtris à chaque étape.

Seule Betty affichait ouvertement ses larmes. Elle avait tenu la bouteille de Cognac tout le temps, ses doigts crispés sur le goulot comme si elle se révélait être la seule valeur sûre au milieu des visages décomposés. Fortement émus.

« La Carpe » avait gardé le silence, fixant sa cigarette avec attention.

César avait fermé les yeux et, voyant une colombe s'élever de dessous ses paupières, avait prié. Récitant ses fameux « Daimoku ».

« La Virgule », lui, avait senti sa « Jambe Pile » trembler en continu, certain qu'elle allait se dérober sous lui. Elle contenait, à la fois, sa douleur physique et sa souffrance morale. Catalyseur et baromètre de ses humeurs.

De la salle, il y avait un côté surréaliste à les voir, tous les quatre, revenir d'entre les morts. À reprendre pied dans la réalité, à tenter, en un geste singulier, de se refaire une bonne mine.

Betty fut la plus prompte. Métier oblige. Puis Bastien.

D'un regard sec, il comptabilisa au moins 90% de flics réunis. Et tous, sans exception, pointaient leurs mirettes sur lui. Il était plus que temps de se ressaisir.

Betty leur trouva une table et s'éclipsa.

Il y avait bien trop le feu en cuisine et de regards en biais pour laisser plus longtemps des estomacs vides. Leur remplir la bouche calmerait la démangeaison qu'elle sentait poindre au bout de leur fourchette. À priori, Bastien était le centre d'attraction, il fallait les en détourner. Le brouhaha diminua effectivement quand la mastication le remplaça. Rien de tel pour vous requinquer des hommes, disait sa mère autrefois. *Donne-leur une bonne rasade et baisse la tête. Attends qu'ils soient repus et achève-les.* Ce qui, des années après, la faisait encore sourire.

Axelle

Le verdict est tombé, Axelle vivra. Dépossédée de l'usage de ses jambes mais elle vivra. Elle ne sait ce qui, de la moelle épinière ou du nerf sciatique, lui confère un tel diagnostic. Pourtant les médecins n'ont laissé planer aucun doute. Ils ont eu l'air de s'excuser.

Paradoxalement, c'est ce qui l'inquiète le plus. Il y a beaucoup de choses qui lui échappent depuis sa tentative de suicide. Elle se souvient d'un réveil révulsé et d'un toubib hargneux. De ses parents effondrés à son chevet. D'avoir beaucoup dormi et d'être en colère. Puis, bizarrement, il y a un grand blanc, un saut dans le temps. L'impression de n'être plus qu'une tête sans corps. Que quelque chose s'est passé à son insu.

Elle garde en mémoire cet instant magique où Simon et Audrey lui ont paru plus proches que jamais, à l'écoute et où elle a cru pouvoir « sauter de joie ».

Et maintenant, il y a ce truc énorme qui lui scie les pattes, qui contraint son père à sortir de son mutisme et transforme les larmes de sa mère en un vagissement sauvage.

Il y a un bruit de chaises qui tombent, de cris et de lutte. Une odeur forte d'urine. Elle voudrait pouvoir parler, ouvrir les yeux, tenter un geste. Rien ne se passe. Tout est figé. Plombé. Comme lointain. Silencieux de nouveau. Ils sont partis. Ils l'ont abandonnée. Dans cet ultime effort de pensée, Axelle livre ses dernières forces et tranquillement se laisse glisser dans l'oubli. Quiconque entrerait dans la chambre à cet instant penserait qu'elle s'est endormie, épuisée, vaincue et repartirait sur la pointe des pieds. Quiconque aurait tort.

Axelle ne dort pas. Elle rêve.

Explique-moi

Le trio a fini de déjeuner. Ils attendent leur café. Dans un instant, l'omerta sera levée ; César aura la parole. Il n'y a pas eu de conciliabule ni de vote républicain. Les Concertistes l'ont décidé à l'instant de s'asseoir à table. Accord tacite contenu dans un vis-à-vis que le gamin a su déchiffrer instantanément. Ça tombait bien, il était mort de faim. Les émotions, ça creuse et ses trajets express de la matinée n'avaient pas arrangé les choses.

À présent, il observe Betty déposer les tasses en leur offrant à tour de rôle un sourire triomphant. Elle est heureuse, cela se voit, son trio a repris des forces et même des couleurs.

César lui répond par un clin d'œil.

Tandis que Pierre se saisit de sa blague à tabac et que Bastien joue délicatement avec son nuage de lait, il cherche comment leur annoncer la chose. Une heure qu'il cogite et quel que soit l'angle de tir, il est à peu près sûr de faire un flop.

Autant y aller franco.

Au pire, le flic se tirerait et le privé suivrait son pote.

-     « Le Salut Cornu », ça vous dit quelque chose ?

Voilà, c'est lâché. Le résultat à hauteur de ce qu'il redoutait. Deux paires d'yeux en scud frontal et la réponse de Bastien, cinglante.

-     Pourquoi, tu crois encore au Diable ? Tu trouves qu'on n'a pas assez à faire ?

Vu comme ça, ce n'est pas faux. Mais comme on le lui demande, César répond :

-     À vrai dire, ça dépend.

Et s'adressant à Pierre :

-     Vous avez reçu mon message, ce midi, je vous ai envoyé une photo ?

Pierre grimace. Oui il l'a reçue. Il a même eu peur que le gamin, puisqu'il était assez malin pour créer ça, ne farfouille son ordi d'un peu trop près.

-    Suis passé chez Zébulon, après que vous vous êtes barré, soit dit en passant il va mieux, merci - scud pour scud, la balle au centre - et on a bien bossé tous les deux, vous ne trouvez pas ?

Bastien sent sa « Jambe Pile » le démanger. Ces deux-là commencent fortement à l'agacer. Aussi quand Pierre sort son portable et affiche la photo, Bastien s'en empare brutalement. Il reste un instant surpris, questionne Pierre d'une grimace puis César, sans détour.

-    Explique-moi ?

Bon, se dit César en lui-même, j'aurais dû commencer par là. Le Cornu, ce sera pour plus tard. Il attrape le cellulaire des mains de Bastien, le pose au centre de la table de manière à ce que tous les trois puissent voir l'image dans le même sens et d'un glissement de doigt, l'agrandit.

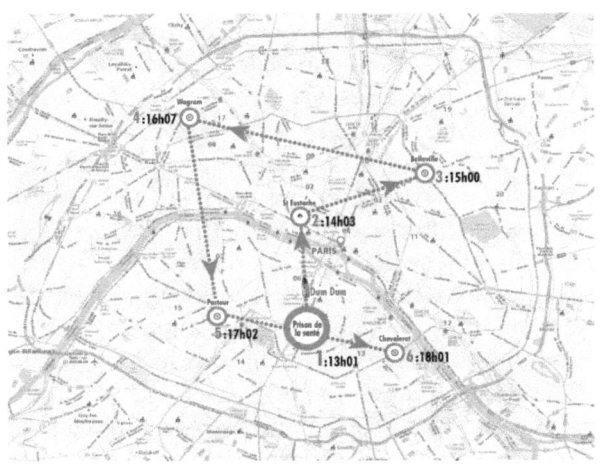

-     Vous avez tous en tête l'image de départ. Une balle, six impacts. Le fameux effet Dum-Dum. Six, soit dit en passant, étant le chiffre du Diable. Pourtant, si on s'en réfère à la chronologie et qu'on suit la trajectoire de la balle, ce dessin est nettement plus juste. 1 ricoche sur 2 qui ricoche sur 3 qui ricoche sur 4, etc. Et non, 1 qui ricoche sur 2 et va s'éparpiller sur 3, 4, 5, 6 en même temps. Ça ne colle pas puisqu'il y a 1 heure entre chaque impact. La fameuse IBN qui a balancé ça dans les journaux et sur toutes les ondes, vous la connaissez ? Non ? Parce que si c'est votre postulat de départ, vous vous êtes fourré le doigt dans l'œil. Sur la première image, il n'y a qu'un seul tireur. Sur la seconde, six. Vous l'avez compris, au moins ?

Bastien fulmine. Oui, il l'a compris. Trop tard. Mais il a compris. Vu la panade le premier jour, le temps d'y voir clair, de parer à l'urgence, il recevait la même photo que les journaux, Internet, partout où elle avait été balancée et ils avaient plongé, trop heureux de croire que le *modus operandi* avait un sens. Convaincu que c'était l'œuvre d'un seul et même homme. Un fou. Un fanatique. Ils avaient même envisagé une attaque extérieure. Une menace de guerre. Les pays en conflit ne manquaient pas. La paranoïa « Daesch » et les attentats avaient eu leur effet, laissaient des traces, rendaient inflammable la moindre alerte.

Cette nuit, le revirement lui a explosé à la tête. Remettant en cause toutes leurs pistes et leurs recherches. Quand les pompiers avaient dégotté ce qui semblait avoir déclenché l'incendie dans l'ESAT, soit le cellulaire d'un comédien venu animer le goûter des résidents, ils avaient tiqué. Un élément contradictoire n'était pas suffisant. Puis il y avait eu l'appel de Julie et les révélations d'une certaine Joëlle Collettes. Et, presque en même temps, le dernier coup d'archet d'une violoncelliste en mal de gloire.

« N'en jetez plus, la coupe est pleine ».

Ils avaient passé la nuit à tout revoir. Notamment en mettant Pierre à contribution et en l'envoyant sur la piste d'un macchabée. Ils avaient aussi lancé une recherche sur cette foutue merde de journaliste. IBN pour Isabelle Brunier-Nathan. Sans aucun résultat. À croire qu'elle avait balancé son intox avant de disparaître.

Elle était à présent soupçonnée de complicité.

Ce cirque a assez duré

Il lui a confié le dossier aussitôt la cérémonie terminée. Sans un mot. Le regard las. Ils ont parcouru les quelques mètres qui menaient à la bâtisse, avec pour seul témoin un liseré de lune. Elle pointait sa frêle aura dans le jour déclinant comme si le froid dans sa morsure l'avait, elle aussi, recroquevillée.

Il règne un lourd silence. Empreint de menace et de mystère. Isabelle le devine à la couverture jaune, défraîchie, à moitié déchirée sur la tranche. À l'intérieur, au jugé, une centaine de pages. Volumineux et dérisoire, si l'on considère qu'il contient le poids d'une vie. Ou d'une confession ?

Une nouvelle nuit va l'ensevelir, Quentin dans son sillage. Ce n'est jamais la bonne heure pour faire ou penser quoi que ce soit, sauf peut-être, ce soir. « Sous X » lui offre une échappatoire. Elle a hâte de s'y engouffrer. Enfin d'autres entrailles que les siennes à déchiffrer et peut-être la réponse à sa présence ici.

Deux jours qu'elle vit recluse, soumise à ces énigmes, sans nouvelles du monde, sans portable, sans connexion. Perdue dans ce trou paumé, « prisonnière » d'un vieillard qui va peut-être clamser dans le prochain quart d'heure.

Une fois encore, à peine rentré et attablé, elle l'a vu se crisper, porter une main à son cœur, devenir blême. Il est resté stoïque, l'a regardée froidement, le temps que dure la crise. Elle n'a pas détourné les yeux. Chacun sait et attend. Bientôt c'est elle qui le tiendra à sa merci. Elle joue le jeu et accepte le thé qu'il lui propose.

Elle sait qu'elle devrait dire non. Ce cirque a assez duré. Elle veut déballer son trophée. Le dossier est posé là, sous ses yeux, jaunissant un peu plus. Il lui faut juste tenir encore un peu, un jour ou deux ? Qui s'inquiète d'elle de toute façon ? Le monde entier ou presque a les yeux rivés sur Paris.

Bingo !

Bastien est reparti. Les consignes sont claires, plus personne ne bouge.

Pour César et Pierre, l'ordre vaut défi. Sinon punition. Impossible de rester là, à attendre, sans rien faire. Alors ils démêlent l'écheveau, encore et encore. Et dressent une liste.

Façon « La Carpe », dans l'économie de mots. César, lui, aurait bien mis sa patte « Alpha » là-dedans mais le privé l'a aussitôt envoyé bouler. *Range tes délires. Pas de chichis mais de l'efficacité. On ne va pas en plus leur écrire une épitaphe !*

Le gamin a rongé son frein et marmonné tout bas *« Pas certain qu'on ne doive en arriver là mais bon ».*

Au terme d'une presque dispute, ils ont demandé papier et stylo à Betty ainsi que sa tablette. Laquelle s'est empressée d'obtempérer.

En partant, Bastien lui avait demandé en douce. *« Tu ne me les quittes pas d'un pouce. S'il faut, tu me les saoules. Et s'ils bougent, tu m'appelles ».*

Il aurait pu tout aussi bien lui demander de les attacher qu'elle l'aurait fait. Ces deux-là venaient de gagner leur place au paradis de ses préférences. Après Bastien, tout de même.

Pour César, l'alchimie avait été immédiate. Pour Pierre, elle avait mis des années. Il y a parfois des instants où l'évidence s'invite, qu'on ne peut plus refuser et qu'il faut savoir accepter.

Si Betty en fut étonnée, elle n'en fut pas moins heureuse.

Elle leur avait apporté, en sus, une bière pour Pierre et un jus de pamplemousse pour le gamin et les avait laissés à leurs messes basses.

Pierre avait commencé à dicter, tout en se roulant une énième clope, César faisant de son mieux pour écrire lisiblement.

1/ Drone : Néant. Pourquoi pas une femme ? (IBN ???)

2/ Clodo kamikaze : en cours d'identification.

3/ Faux macchabée : en fuite. Équipe Bastien.

4/ Mamie assassine : à l'autopsie.

5/ Toubib dépressif : à la question (36)

6/ Galaxy Note 7 : à l'expertise.

À la fin, ils sont d'accord sur au moins une chose. Les questions 2/3/4/5/6, on n'y touche pas. Plus. Bastien a redistribué les cartes. Même Christian Sarde, à l'heure qu'il est, doit être une piste froide.

Quand Pierre a grimpé dans les étages, la réponse est venue du second. Le vieux militaire ne faisait pas l'unanimité dans l'immeuble. Grossier, râleur, raciste, etc. Madame Veuve Pelletier n'avait pas caché sa joie *de lui savoir la police aux fesses. Non elle ne savait pas qu'il était décédé. Il avait déguerpi sans laisser d'adresse, fin novembre. Et c'était tant mieux.*

Pierre a refilé l'info à Bastien. Affaire close. Du moins, pour lui.

Restait l'énigme 1. Le Drone et son pilote. Et cette journaliste, à l'image sulfureuse, Isabelle Brunier-Nathan. Rien qu'en prononçant le nom, Pierre double son « passage à tabac », une autre cigarette vient se poser à côté de la première sur la liste et César a comme un vertige. Ils axent aussitôt leurs efforts sur la femme. « La Carpe » maniant la tablette à une vitesse folle, les textes défilant, César note à la va-vite.

Née le 23/02/63 - Villebon-Sur-Yvette - Étude de journalisme - 10 ans de radio - 20 ans de presse

– People - Princesse Diana - Conflit d'intérêt - Photo cadavérique - 23 Août 2014.

À cette date, une dizaine d'articles puis plus rien. Les deux hommes le relèvent en même temps.

Bingo ! S'il y avait un lien à trouver, c'était celui-ci. Pierre réfléchit. Georges Brimbant. Ce nom ne lui est pas inconnu. Il l'a vu écrit récemment. Mais où ?

Particule

À 18h11, Hub rend son dernier souffle.

Dans l'indifférence, le silence et l'oubli, l'homme cesse sa lutte. Il aura passé 48 heures, seul, à revivre son cauchemar, suspendu à des machines qui auront essayé de lui insuffler plus d'oxygène et de vie qu'il n'en a jamais reçu. Personne ne sait qu'il vient de fêter ses 33 ans ni à quel point le destin s'est acharné contre lui. Son histoire est à présent engloutie dans un frigo, aussi humide et étroit que la cave de son enfance. Dans quelques jours, des bénévoles du collectif « Les Morts de la rue » accompagneront son dernier voyage. Au « Carré de la Fraternité » du cimetière de Thiais, une dalle blanche, sans fioritures, alignée au milieu de centaines d'autres, près d'une allée bordée d'arbres, lui sera réservée.

Un poème sera lu, des fleurs déposées.

Plus tard, bien trop tard, une femme de deux ans son aînée, retrouvera sa trace. Elle pourra lire le compte-rendu de la cérémonie, retrouver les personnes présentes, refaire pas à pas le chemin de ces derniers jours et même de ces deux dernières années à Paris. Ses larmes auront le goût amer des regrets et le poids obsédant du secret.

Il était son frère. Et s'appelait « Vincent, Hubert, Tristan de La Treuillère ».

Sept minutes

La nuit tombe des toits et, dans sa chute, draine avec elle une pluie fine et tranchante. César en ressent l'implacable justice. Comme si le ciel, en un tour de passe-passe, laissait choir enfin sa grinçante déception. Des gouttes d'eau, aussi effilées qu'une serpe, traversent son jogging, cinglent son corps, martèlent sa tête. Encore cinq minutes comme ça et il sera trempé. Si Pierre n'apparaît pas, ou trop tard, il le retrouvera transpercé de toute part, flottant dans une flaque, aussi spongieux qu'un mollusque dans une mare de boue. Avec un peu de chance, il se fera arracher les yeux par Betty qui lui a fait promettre d'être sage et de rentrer direct au bercail. Vil mensonge auquel a adhéré César. C'était ça ou repartir sans sa voiture et ne pas pouvoir suivre la piste à laquelle ils avaient consacré tout leur après-midi.

Soit le triangle : Georges Brimbant - Isabelle Brunier-Nathan et, tout en haut de la pyramide, le fils défunt, Quentin Brunier-Nathan. Un sacré bon mobile de dézinguer Paris à la sauce Dum-Dum, avait conclu Pierre qui s'était roulé une dernière cigarette avant de donner le signal du départ.

Sauf que, une fois sortis, deux rues plus loin, Pierre a reçu un SMS, lui a dit « et merde, attends-moi, j'arrive » et que depuis César trempe.

Il est à deux doigts de penser que Pierre l'a baladé, à deux jambes de courir « Chez la Mère Bravo », et à deux poings de lui en coller une en pleine poire quand il réapparaîtra. S'il réapparaît.

Sept minutes exactement qu'il poireaute quand il voit deux phares jaunes lui foncer dessus. À peine le temps d'un freinage tout juste contrôlé, gerbe de flotte en sus, qu'une porte s'ouvre, que César s'y engouffre et que Pierre redémarre en trombe. Le « 36 » est déjà loin derrière quand le gamin, plaqué au fond du siège, se redresse et fusille du regard le privé, prêt à lui pourrir la vie.

-       Désolé, Petit, mais avec ça, on aura plus de chance.

Ce que Pierre lui tend et que César reçoit lui coupe instantanément le sifflet. Dans la petite Ford verte, seul le bruit de la ventilation en position 8 ne retient pas son souffle.

ACCÉLÉRATION
Les jours suivants…

« Ce que j'ai fait, je te le jure,
Jamais aucune bête ne l'aurait fait ».
Terre des Hommes,
Antoine de Saint-Exupéry.

The show must go on

217

Paris renaît sous le soleil en ce matin du 27 décembre. Les pluies diluviennes de la nuit ont nettoyé son ciel, un bleu azur s'étend sur toute la France. *La température affiche un joyeux 5° et une prévision à 11° ce midi. L'horizon se dégage* assure le présentateur météo à la radio. *Faisons confiance au beau temps. La tempête est derrière nous. Un redoux est annoncé. 2017 s'annonce lumineux.*

Zébulon hallucine. *Ou ce type est con ou c'est un optimiste patenté, à la solde du gouvernement.* Ce n'est pas parce que les commerces rouvrent - lui le premier - que l'oiseau chante et que le parisien naïf retrouve les pavés de la capitale qu'on peut lui faire avaler n'importe quoi. Monsieur le Président a beau être rassurant, parler de circonstances fâcheuses et certainement étranges, contrôler la menace terroriste et certifier avoir bien en main la situation, Zébulon reste sur ses gardes. C'est tout de même lui qui a créé la nouvelle carte, et le gamin a raison *ils se fourrent carrément le doigt dans l'œil, si ce n'est la poutre.*

Jean-Bernard Pasquier, réhabilité pour et par lui-même au lendemain de son abyssale cuite - laquelle ne sera pas sans être souvent évoquée pour nommer les transformations qui suivront, - éructe sa vindicte depuis l'aube, dès l'instant où il a levé sa grille et que toute la clique d'habitués a déboulé. Il est descendu à la cave, a rapporté de quoi s'échauffer le courage et trinquer aux imbéciles. Remettre son fief en état lui a pris l'après-midi, hier après le départ de César. Il reste maintenant à en faire un lieu convivial alors même qu'il ne reste plus qu'une table, deux chaises et trois tabourets stables. C'est bien sa veine qu'il n'ait pas flingué la radio. *The Show must go on* a-t-il décrété mais non sans un « Zébulon » aux aguets !

Il a maintenant le numéro du privé dans la poche.

Irien

Lequel Privé, à quelques rues de là, a bien du mal à poser les bases de sa journée devant César, un tantinet glorieux.

Depuis le début, le gamin est convaincu qu'il a raison. Le vieillard est « l'Alpha » criminel, le « Salut Cornu » en est la preuve et les déclarations de Madame veuve Georges Brimbant, une piste sans équivoque.

Pierre qui roule sa première cigarette de la journée - plus par nervosité que par intuition de quoi que ce soit - n'est pas loin de lui accorder son soutien. S'il est d'accord sur le fond, il hésite sur la forme. Il ne peut pas impliquer César plus qu'il ne l'a fait. Il essaie de modérer son enthousiasme, parle de risque et de danger. Pierre lui-même n'est en rien habilité à suivre cette piste, et si Bastien l'a mis en sous-marin, il lui a fait cependant promettre d'écarter César.

Heureusement que Betty n'est pas dupe et m'a appelé ! C'est un civil, tu m'entends, certes intelligent et peut-être même « assez perché » pour devenir un jour un bon flic mais aujourd'hui il est impliqué dans un suicide et putain, Pierre, il n'a même pas 20 ans. C'est un môme ! Dont on ne sait rien.

« La Carpe » en est conscient, se sent coupable et pourtant tergiverse.

Après un long silence durant lequel il n'entend plus le gamin expliquer pour la seconde fois sa théorie du « Cornu », *à savoir que si l'on regarde les faits sous un autre angle, qu'on bascule la carte à 45°, alors on obtient le salut du Diable, c'est-à-dire le vieillard, cet Alpha diabolique qu'il a croisé le matin même du 24 décembre ; que ses rêves ne le trompent jamais et que cette nuit encore...* Pierre abdique. Il tend sa clope à César et lui demande de se taire. Il a besoin de réfléchir. « L'Inclus » en lui bute sur quelque chose. Une fois encore, Pierre dresse le bilan ; quelque chose ne colle pas.

Hier, après le départ de Bastien, ils ont surfé sur la piste IBN. Le nom de Georges Brimbant est apparu. Le « meurtrier » du jeune Quentin Brunier-Nathan. Ça avait fait la Une des journaux pendant un temps. Relançant la polémique d'un Paris sans voiture, de la lutte vélo contre auto. L'homme avait été condamné. Puis, comme il en est de tous les faits divers, on l'avait oublié. La mère du gamin, la journaliste, s'était acharnée un temps et elle aussi s'était fait oublier. Moins de parutions spectaculaires. Sûrement qu'elle avait morflé. Cependant, qu'elle ait disparu depuis le 25 et, que le meurtrier de son fils soit parmi les premières victimes de l'attentat de la Santé, ne pouvait pas être juste une coïncidence. Surtout pas avec cette histoire de carte qu'elle avait, elle-même, balancée.

Hier soir, Pierre avait eu l'idée de faire un petit tour chez elle quand il avait reçu un SMS de Bastien. Il avait planté le gamin cinq minutes - sept selon ses dires et son état - et l'avait rejoint à l'entrée du « 36 ». Ses gars avaient déjà visité l'appart de la journaliste. Perquisition infructueuse si ce n'est son ordinateur, sa boîte mail et un message long comme le bras que personne n'avait encore réussi à tracer. Ils continuaient de chercher (Pierre imaginait La Traque à fond sur la question) mais Pierre pouvait donner un coup de main. Vu la nouvelle configuration des événements et la déclaration du Président, ils n'étaient plus tout à fait en état d'alerte maximale mais juste avec six meurtres « basiques ».

Bilan qui avait eu pour résultat de renvoyer chez eux tous les effectifs en surplus et en place depuis 48 heures, avec une reprise à la normale le 29 au matin. Ils s'étaient tout de même rendus au Drugstore des Champs Élysées mais sans résultats. Bastien avait confié à Pierre ne pas avoir parlé des théories du gamin. Qu'il lui donnait carte blanche de ce côté-là. Et il lui avait refilé une copie du mail.

Après avoir récupéré César sur les chapeaux de roues, il avait décidé d'aller fouiner du côté de la veuve Brimbant.

Piste froide, à priori, puisqu'ils arrivaient après la cavalerie.

La dernière fois que je l'ai vu, c'était au procès, Enfin, sauf il y a deux jours à l'hôpital mais j'étais trop bouleversée pour en parler au policier qui m'accompagnait. Il m'a parlé de lettres de menaces. Presque chaque semaine. Pendant les premiers mois. Il disait que c'était sa punition. Qu'il n'aurait de toute façon jamais fini de payer et que si la mort venait de cette femme, ce ne serait que justice. Qu'il ne fallait surtout pas en parler. Que ma fille et moi n'avions pas à nous inquiéter, il était le seul coupable. Je l'ai cru. J'en avais assez bavé. Je n'ai plus jamais eu de ses nouvelles.

Ensuite, le gamin l'ayant attendu dans la voiture, séchant sa colère en tentant de décrypter le mail, ils étaient rentrés chez Pierre.

C'est là que César avait reparlé de la carte, demandant à Pierre s'il avait une imprimante. Il avait pris un air faussement désolé et détourné la tête. Plus tard, Pierre avait transféré l'image de son téléphone à son ordinateur.

Il l'ouvrait à présent devant le gamin, bluffé.

- Alors ? dit-il, en souriant à Pierre, convaincu ? Ok, c'est un peu schématique mais c'est clair, non ?

Non, ce ne l'était pas. Pierre avait fait des recherches. Effectivement, l'image pouvait s'apparenter aux cornes du diable.

Et alors ?

Ça ne résolvait rien. Que ce soit le signe du démon ou la main d'un homme, rien n'indiquait son nom ni où il se trouvait. Leur seule piste était cette journaliste et cette piste s'arrêtait sur une aire d'autoroute en direction de Nantes. Dernier signal émis depuis son téléphone portable.

Depuis lors, aucun signe de vie. Ni dans les journaux ni sur les ondes. S'était-elle enfuie ou l'homme qui lui avait donné rendez-vous au Drugstore l'avait-il kidnappée ?

Que disait son mail déjà ? D'une première fois, d'être un…

C'est à ce moment que Pierre sort de son silence et inflige à César son regard le plus retors. Un de ceux dont le gamin dira plus tard qu'il avait le pigment pourpre du démon associé à la folie des hommes.

Euphémisme, gamin, euphémisme, soulignerait alors Bastien en rigolant. *C'est pour lui que j'ai inventé le mot Irien, issu du mot Ire pour Colère. Demande à Betty, ça fait des années qu'elle en a peur.* Et ils riraient tous ensemble pour la première fois depuis longtemps.

Un homme bon

Quand une première fois a l'odeur de la poudre, le goût du sang, la vision d'un anéantissement, le bruit d'un silence définitif et le contact glacial de sa propre main, il est déjà trop tard. Le temps se fige.

Il n'existe plus ni avant ni après. Juste l'instant. Gravé à jamais.

L'aube enfin. Avec la certitude que tout est à sa place. Le monde remis à l'endroit. L'équilibre rétabli. Un triomphe comparable à nul autre.

Ne plus jamais attendre après un quelconque Dieu pour que justice soit faite.

J'avais 8 ans quand ma mère, pour supporter le poids de son martyre, me disait de prier. J'avais 4 ans et 2 mois de plus quand j'ai compris qu'elle avait tort. Je venais de tuer l'homme pour lequel elle implorait le ciel, en pure perte, depuis trop longtemps.

Ce jour-là, il revenait de la chasse, frustré que ses proies se soient échappées. Il a foncé droit sur ma mère, a armé son fusil et il a tiré.

Ça ne lui a pris que quelques secondes. Une éternité pour moi.

Plus tard, alors qu'il cuvait son vin sur la table de la cuisine, j'ai pris son fusil, je me suis approché et je lui ai planté le canon sous le menton.

Il a juste eu le temps d'ouvrir les yeux et de me voir tirer.

C'était il y a près de 60 ans et jamais je ne l'ai regretté.

Ma seule erreur dans cette vie ne sera jamais cet instant ni tous ceux qui ont suivi mais toutes les occasions que j'aurais eues de le faire plus tôt, quand ma mère était encore en vie. Je me suis juré de ne plus jamais différer quoi que ce soit, de ne plus jamais faire attendre la justice ni croire qu'un Dieu en ferait son affaire.

Gédéon a été le premier sur les lieux, il a très vite compris. Pourtant il n'a rien dit. Il a dû lui aussi se sentir coupable de ne pas être intervenu avant. Il m'a pris sous son aile. A fait ce qu'il a pu. Je lui dois le peu d'éducation que j'ai reçu. Son savoir. Mes bonnes manières. Et la certitude que nos chemins ne sont pas si différents.

C'était un homme bon. Je suis un type bien. Et c'est exactement cela que vous allez écrire.

Une soirée et une nuit entière. Ensemble. Dans une bulle. Sans mot. Tout en caresses. Rondeurs. Et isolement.

Statu quo sur le reste du monde.

Julie l'a imposé à Bastien à l'instant où il a pénétré dans l'appartement hier soir.

Elle a posé un doigt sur sa bouche et l'a aussitôt entraîné vers la chambre.

Juste être. Ne plus penser. Ne plus combattre. Ne plus porter.

À eux le silence et la tendresse. Ré-apprivoiser le regard de l'autre, sa peau, son odeur. Main dans la main, dans la vapeur d'un bain moussant. Sous la coupe bienveillante d'un millésimé 1996. Grignoter un peu. S'engourdir. Glisser doucement dans le sommeil. Au moins quelques heures. Entièrement repliés sur leur propre chaleur. Loin des deuils, des aberrations, des questions. À des années-lumière d'hier ou de demain.

De ces trois derniers jours comme de ces trois derniers mois.

Un temps suspendu. Régénérateur. Miraculeux d'aisance, gonflé de désir, pour enfin cueillir l'aube dans un étirement languissant.

Aucun mot n'a été prononcé. Ils ont tenu jusqu'après le petit déjeuner.

Maintenant, ils se regardent. À l'affût.

Qui osera rompre le charme, lever le rideau, esquisser le geste du retour à la réalité ? Qui ?

Le jour est déjà haut dans le ciel lumineux. Le soleil tape aux carreaux, réchauffe leurs corps nus.

L'heure tourne. Leurs pensées n'en sont plus à saisir les secondes mais pressentent déjà les minutes et heures à venir.

On les attend. Ils doivent reprendre le chemin. Soulager les consciences. Résoudre des énigmes. Être forts. Donner l'exemple. Aller de l'avant. On compte sur eux.

À cet instant, ils sont soudés. Se comprennent, s'en émerveillent. Puis un téléphone sonne, rompant le charme.

Un fil de la pelote

Tout est dans l'email de la journaliste. Dès le second paragraphe.

Le mot « Alpha » écrit noir sur blanc.

Comment César ne l'a-t-il pas lu, vu, pointé du doigt ?

- Là, qu'est-ce que tu lis, là ? « Cet Alpha qui fera de vous un… », allez répète, un Alpha, c'est bien toi qui m'as parlé de ça en premier. Vas-y, explique-moi.

Quand Pierre lui a lancé son fameux regard « irien », en se retenant de lui faire bouffer la feuille, il ne s'attendait pas à ce que César le dévisage à son tour, hargneux.

- Bah quoi « Alpha », oui et alors… je croyais que ce n'était que des élucubrations, faudrait savoir…

Pierre en est resté comme deux ronds de flanc. Il le prend pour un con et en plus, il lui donne une leçon. Le privé l'a remarqué, César peut être aussi susceptible et de mauvaise foi qu'une tique en train de vous sucer le sang.

Ce qui, aussitôt pensé, le fait sourire et le radoucit.

- Okay. Un point pour toi. Et donc ?
- Et donc, rien du tout, répond-il, en proie à une subite lassitude. « Alpha », c'est le Doc. qui me l'a appris.
- Le Doc ? Quel Doc ?

Et avant que Pierre ne finisse de poser sa question, il voit César s'évanouir. En entier, d'un bloc. Le gamin n'a pas chancelé. Son visage est passé du rose au blanc en un éclair. Pierre l'a vu s'écrouler sur lui-même.

Il n'a même pas eu le temps d'esquiver un geste pour le retenir. Sa tête a heurté le sol en dernier faisant comme un bruit de gong.

Pierre n'a jamais rien entendu de tel. Il en perçoit encore l'écho quand il se précipite pour le secourir.

***

Le gamin n'a rien voulu savoir. Ni passer un examen ni voir un médecin. Il a réclamé un verre d'eau et donné une explication nébuleuse sur ses crises. Tout est parti du mot « Alpha ». Il avoue avoir été effrayé. Il n'a encore jamais rencontré quelqu'un qui connaisse cela. Alors quand il a lu le mail, c'est vrai qu'il n'a rien dit.

Mais il suffit de lire entre les lignes. L'homme est un tueur. Il a tué et tuera encore. Il a une mission et la journaliste est là pour l'accomplir. Si on la trouve, elle, on le trouve lui. Et vice versa. Pierre le laisse parler. Il se contente d'acquiescer, de ne pas l'effrayer plus, d'éviter une nouvelle crise.

Il sent bien que César esquive. À chaque fois que Pierre demande qui est ce Doc., César répète qu'il est le seul à l'avoir écouté, conseillé, et qu'il a guéri ses migraines. C'était il y a longtemps. Au début de ses crises. Il était dans une famille d'accueil, là-bas, à Brunoy dans le 91. Les « Régnier », les seuls qui ne l'aient pas pris pour un fou. Ils connaissaient un médecin, un guérisseur. Il l'a vu une fois par mois pendant un an. Puis il a été déplacé, comme à chaque fois.

Pierre entend dans ses derniers mots bien plus que ce que César ne consent à dévoiler. La solitude, le chagrin, l'abandon. L'errance aussi. Des kilomètres de vide à combler que le gamin a tutoyé d'un peu trop près pour ne pas tomber dans le piège de gourous et autres pantins au verbe creux. Lorsque cette histoire sera finie, il faudra qu'il demande à voir son dossier à l'Aide Sociale à l'Enfance.

Peut-être même que Julie pourra lui conseiller un bon psy ? N'est-il pas trop tard ?

Et si, entre ses élucubrations et la réalité, un fil de la pelote de laine était à tirer.

Pierre sait qu'il en suffit d'un, un seul, même ténu, pour que tout se détricote. Les nœuds tissés à l'insu les uns des autres ne sont jamais fortuits.

César, depuis le début, lui fait l'effet d'une belle tête de nœud, tout emmailloté de ses délires mystico-doctoraux.

Au soir du 27 décembre, Isabelle se couche en réclamant à « Sous X » deux tisanes d'affilée. Dormir, oublier, fermer son âme à la connaissance est ce qu'il lui reste de mieux à faire. Elle est en overdose. De ce qu'elle a lu, entendu, vu. Le plus effroyable est, qu'au terme de cette confession, elle ne sache plus, mais alors plus du tout, quoi penser. Quid de cet homme qui, en une journée, l'a fait passer par toutes les couleurs, toutes les émotions ?

La peur, la pitié, l'horreur, les larmes, le doute, la folie, la souffrance, l'apitoiement. Mais, et Isabelle en a un dernier haut-le-cœur, jamais le rire. Qu'est-ce qu'un homme qui n'a jamais ri peut-il avoir encore d'humain ?

Cette question entêtante prédomine, au moins, autant que sa fatigue. Et ravive du même coup sa colère. Une colère vaine. Une rage aussi impuissante que primitive. Issue de la nuit des temps et de l'absurdité du monde. Qui engendre deux extrêmes : le pire et le meilleur. En laissant aux hommes l'arrogance de les combattre inutilement puisque sans espoir de gagner ; l'éternité les engloutissant tous.

Pour que l'humanité « perde les pédales » comme certains aiment à le répéter à chaque fois qu'un drame ou qu'une guerre vient brouiller le paysage, il faudrait au moins qu'elle en ait eu un jour, des pédales.

Pour Isabelle, la question ne se pose plus. L'histoire de cet homme le confirme. Ce n'est qu'une redite, plus ou moins conforme à ce que l'histoire produit depuis son « Big Bang ». Le monde n'est qu'un jeu de dominos cruel. Enfanté dans le chaos, il ne forge plus que cela. Bien bête est celui qui pense pouvoir s'en échapper.

Parfois c'est un don,
parfois c'est l'enfer.

César a tout essayé.

Sa méthode en 10 points. Les « Daimokus ». Les douches. La crise ne passe pas. Son corps le brûle comme s'il se consumait intérieurement.

Aucun rêve ne vient le soulager.

Il est dans une espèce de torpeur constante. De brume. Son esprit divague, confus, incertain.

L'instant d'après, il se réveille. Assoiffé. Étourdi. Engoncé dans une sorte de gangue dont il voudrait s'extraire. Qui l'étouffe et l'emprisonne.

Quelques jours de répit ? Il s'en souvient. Deux, trois ? Les visages de Betty, Bastien, Pierre. Presque une famille.

La magie de la vie, qui restitue dès lors qu'elle a prélevé. Et de nouveau cette crise.

La colère du privé. Son regard comme deux sabres tranchants. L'homme ne le croit pas. Doute de lui. Ce qu'il veut savoir n'appartient même pas à César. Parfois c'est un don, parfois c'est l'enfer.

Le Sasha ne dira rien. Tout ce qu'il sait, il l'a appris à son corps défendant. Seul. Toujours. De son propre gré. Avec ses propres forces.

Qui peut dire s'il pouvait fait mieux ?

Sa nuit a été un cauchemar à répétition : le même instant projeté en boucle. Figé dans une image unique :

« Un garçon dans la nuit, courant nu sous la pluie, la tête de sa mère sous le bras ».

Trois fois, Isabelle s'est réveillée. Un cri coincé au fond de la gorge. En sueur. Épouvantée. À chaque fois, elle s'est rendormie. Happée. Comme obligée d'y retourner.

Au petit matin du 28 décembre, elle ne se souvient de rien d'autre. Seule cette séquence s'est imprimée. Comme l'unique événement à retenir. À partir duquel tout commence et se termine.

Entre les deux, l'histoire s'est écrite, tronquée d'avance. Elle va devoir la raconter. Elle est là pour ça. « Sous X » l'attend déjà.

Assis devant un café, il la regarde se lever, la mine défaite, le sourire crispé. Il sent depuis hier qu'elle se débat entre répulsion et pitié, entre dégoût et indulgence, étonné toutefois qu'elle ait su garder un calme relatif et une écoute attentive.

Il lui en sait gré. Oublie qu'il ne lui a pas laissé le choix, qu'une fois encore, il a dû forcer la donne. Seul le résultat compte.

Elle est là, elle va l'aider. Même sans Quentin, elle l'aurait fait. C'est une journaliste. Et sans des individus comme lui, elle ne serait rien.

« Sous X » n'est pas dupe. Ce n'est l'affaire que de quelques heures. Après tout sera fini. Il sera mort.

Elle vivra.

En plein dans le mille. Même si ça n'a pas été simple et que Bastien a râlé. En attendant, il a le dossier du gamin sous les yeux, livré en mains propres, à domicile. Beau palmarès !

Neuf placements en 18 ans, dont un en foyer, trois fugues et six séjours à l'hôpital.

Le gamin traîne un beau paquet de nœuds dans sa besace et beaucoup de points d'interrogations entre chaque événement. Pour ça, il n'a pas menti, le dossier est factuel et manque curieusement de détails. Toutes les adresses sont là. Les noms des familles d'accueil. Les dates. La mention « Sous X ». Mais aucun signe d'un quelconque Docteur à Brunoy.

Une première lecture en diagonale. Pierre est perplexe César ne va pas tarder à émerger. Des heures qu'il dort. Depuis sa crise, il ne fait que ça. Entrecoupé de brèves apparitions où il va boire, puis se doucher. À croire qu'il revient d'un long voyage dans le désert sans qu'aucun chameau ne lui ait enseigné son secret. Il serait peut-être temps de le sécher définitivement.

Hier après-midi, de fil en aiguille, « La Carpe » a affiné son intuition. Ce gamin qui apparaît comme par enchantement, cette histoire d'Alpha adoubé par un vieillard, la chronologie des faits : impossible qu'il n'y soit pas mêlé de près ou de loin. Trop de coïncidences tuent le hasard. Même si le hic du moment s'appelle IBN, rattachée à un mail dont les propos dénoncent clairement un ancien tueur à gages venu régler ses comptes,

Pierre n'y croit pas. Le point commun entre César et elle : Alpha. Comme un nom de code ?

Ou un signe de ralliement, une identité commune ?

Pierre pressentait la réponse dans le dossier de César. Un point de départ comme un autre. Il avait harcelé les services de l'ASE, puis au terme d'une bonne dizaine de coups de fil avec les différents services administratifs, il avait capitulé. La procédure habituelle aurait pris des jours, voire des mois. Il avait demandé à Bastien de l'aider à secouer les services.

De son côté, l'enquête piétinait. « La Traque » n'arrivait pas à tracer l'email. Le portable de la journaliste n'émettait plus. Le drone n'avait livré aucun secret.

Pierre avait tenté de le rassurer, il sentait pourtant qu'il touchait quelque chose du doigt.

Du doigt, mon œil, avait maugréé Bastien*, tu vas y mettre le bras et je vais encore te suivre à l'autre bout du monde et me ramasser une balle. Putain, mais qu'est-ce qui m'a pris ? Tu me diras, depuis trois jours, je passe pour un con alors un peu plus ou un peu moins...*

Pierre aurait bien rajouté qu'il n'était pas le seul mais Bastien avait raccroché.

Il avait pris son mal en patience, couvant César du regard. La nuit avait été calme. Longue et blanche jusqu'à l'arrivée du coursier.

Il était à présent presque 10 heures et l'affaire « Dum-Dum » rendait l'âme pitoyablement. Les infos passaient en boucle les dernières conclusions de l'enquête.

Le médecin urgentiste, Hervé Laroque, avait avoué son geste. Les tentatives de suicide de sa patientèle ayant fini par le rattraper, il avait voulu sombrer avec elle.

Le clodo kamikaze avait été identifié.

Un certain Guillaume Poupin, ex-dirigeant, qui avait vu sa vie ruinée par un licenciement, lesté d'un divorce. Des mois de descente aux enfers pour finir dans la rue, la misère et l'anonymat. Il avait mis un point d'honneur à ce que cette dernière équation ne passe pas inaperçue, embarquant avec lui une dizaine d'exclus qui, eux, n'avaient rien demandé.

Le militaire retraité, Christian Sarde, avait été appréhendé dans la nuit à l'aéroport de Roissy. Écœuré de cette France à l'agonie, envahie d'immigrés, il lançait par ce geste un dernier baroud d'honneur à l'hypocrisie et au mensonge des partis politiques. Si on lui avait laissé le temps d'arriver à Cuba où il comptait se réfugier, il aurait revendiqué l'attentat. Le plan Vigipirate ayant glorieusement fonctionné, il dormirait bientôt à Fleury-Mérogis.

La chambre de la célèbre violoncelliste Ernestine Le Chapellier avait parlé. Il avait été retrouvé un article de presse (Bulletin 53 des Artistes de Batignolles – *AdB*) où elle avouait son incapacité d'assumer sa dégénérescence et 10 tubes vides de Digoxine et de Phénobarbital enfouis dans le corps de son instrument. Cocktail idéal pour achever une population déjà fragilisée. Les cœurs devenus lourds et inutiles avaient lâché alors que résonnaient encore les derniers accords de « La symphonie des petits riens ».

Seul le comédien William Rolin (nom de scène : Willie Rolls) avait été innocenté. Pour se préparer avant le spectacle, on l'avait relégué au sous-sol dans la buanderie, prétextant qu'il y serait plus à son aise pour se maquiller et se changer. C'était aussi le local chaufferie. Quand il avait claqué la porte, en retard, laissant son téléphone en charge, un court-circuit avait déclenché une alarme incendie un tantinet susceptible et criarde pour de jeunes adultes en situation de handicap. Son Galaxy Note 7 avait fini de mettre le feu aux poudres. Depuis, les médias parlaient d'une société malade, d'hommes et de femmes à la dérive, tout en pointant du doigt les incompétences du gouvernement à prendre en charge ses populations les plus démunies.

Noël, fête religieuse entre toutes, symbole de partage, emblème des valeurs familiales cristallisait pour les personnes seules ou en difficulté, tout ce qui leur faisait défaut.

Le manque, la souffrance, l'abandon atteignaient leur paroxysme devant l'abondance et la surenchère des nantis. Chaque fin d'année, les *laissés-pour-compte* appréhendaient cette date.

Si certains mettaient fin à leurs jours dans la plus grande discrétion, d'autres occupaient les lignes de SOS Amitié toute la nuit, buvaient jusqu'à plus soif et la plupart finissaient aux urgences pour que l'on s'occupe d'eux.

Ce 24 décembre, une entité s'en était mêlée. Personne ne pouvait expliquer cette incroyable convergence et cette chronologie morbide. Certains mystiques y voyaient une alerte. Un message de Dieu. D'autres pensaient que toute la vérité n'avait pas été faite. Que le gouvernement cachait une menace encore plus grande.

Pour tous, l'explication prosaïque d'un concours de circonstances dramatiques, n'était pas acceptable. Comment était-il possible que, sans se connaître, six personnes décident le même jour de stigmatiser Paris à une heure d'intervalle ?

Dans le corps médical, une nouvelle grève s'annonçait, dénonçant des conditions de travail de plus en plus insupportables et dramatiques.

Le Front National se désengageait de cet ex-partisan poseur de bombes tout en amorçant une campagne prouvant que la France ne pouvait plus recevoir autant d'immigrés sans mettre la vie des concitoyens en danger.

Quant à l'énigme numéro 1, les spéculations les plus farfelues circulaient. Le nom de la Garde des Sceaux avait été cité, puis celui du Directeur de la prison, d'un gendarme et ensuite d'un gardien. Une liste avait été créée sur les réseaux sociaux « C'est Nous » avec le nom de toutes les victimes qui auraient pu en vouloir aux taulards incarcérés.

Après la psychose, l'orgie de tous les ras-le-bol, pensa Pierre. Les Français voulaient un coupable, on leur en offrait six. Dont quatre misérables humains qui auraient pu tout aussi bien être leur voisin, leur mari, leur frère, leur grand-mère, eux-mêmes.

Un autre qui représentait la société de consommation devenue meurtrière.

Et un dernier, encore inconnu, donc potentiellement dangereux.

Un « Alpha » selon César qui venait d'émerger et regardait, hagard, les images télévisées.

Pierre ne l'entendit pas arriver. Saturé de la névrose ambiante, il avait repris la lecture de son dossier, laissant la télé allumée, sans le son.

France 3 diffusait un reportage. On y voyait un cercueil, des dizaines de roses blanches, une procession longue d'au moins cent cinquante personnes et dans les dix premiers rangs, un regard que César aurait reconnu entre mille.

Double page

Elle s'est attelée à la tâche au sortir de la douche. Recommandant à « Sous X » une dose de caféine conséquente et tout un panel de choses à grignoter.

Il est sorti faire les courses alors qu'elle dresse déjà des colonnes, tire un plan approximatif, compile les éléments par ordre, inscrit en vrac des questions qui fusent au fur et à mesure que s'agence la trame.

Son cauchemar en toile de fond *« Un garçon dans la nuit, courant nu sous la pluie, la tête de sa mère sous le bras »,* elle le garde pour la fin.

La révélation ultime. Qui doit faire basculer le lecteur, le faire douter, le questionner. Des 137 pages issues de la chemise jaune, il avait fallu trier l'essentiel du superflu. Considérant que l'essentiel se compose de dates clés. D'événements chocs. Et des choix qui en découlent.

Et le superflu : des dommages collatéraux.

Elle a tablé sur une double page dans les colonnes des grands quotidiens. Qu'importe celui qui dirait oui le premier. Elle a au moins besoin de cela. Certainement plus dans les jours prochains. Mais pas moins pour lancer un scoop de cette envergure. Au bas mot, quelques 10 000 signes, environ 400 lignes. Elle va devoir jouer serré.

Le titre sera « Un type bien ». « Sous X » l'a suggéré à plusieurs reprises, puis au terme d'un aveu circonstancié, statué d'un regard au vitriol, il l'a tout simplement exigé. Isabelle a capitulé. Dans leurs échanges, hier, elle a compris qu'il contrôlerait chacun de ses mots et qu'elle n'avait pas fini de l'avoir derrière elle, à pister la moindre erreur. Dans la forme, elle s'en fout et dans le fond, aussi.

Dans le journalisme, ce qui captive le plus le lecteur, c'est la révélation. Dans le sensationnel, ce sont même les images qui priment sur le texte. Et celles que lui avait confiées « Sous X » allaient marquer les esprits bien plus profondément que tout ce qu'on écrirait par la suite.

Le traître

Tirer un fil et c'est tout l'écheveau qui se délie, dixit Pierre. Sauf que…

Le gamin a chu de nouveau et que cette fois-ci, le Samu est intervenu. Qu'avant de chalouper, César a désigné l'écran sans prononcer un mot.

Qu'avant de comprendre puis d'appeler Bastien, de le convaincre de foncer à France 3, de récupérer le film, de le visionner, d'y associer tous les rushs manquants, de contacter l'équipe, de longues heures s'étaient écoulées.

Entre temps, César, conduit aux urgences, s'est tiré. Pierre a foncé chez Zébulon et l'a pris à parti. Il a fallu négocier sévère pour qu'il tienne ses troupes et qu'ils ne débarquent pas à dix en bas de son immeuble.

Arrivé là, il a chopé César en train de se faire la belle. Le gamin sortait de la douche, il était en train d'emballer quelques affaires, complètement stone. Tout juste s'il tenait encore debout. Pierre n'a eu aucun mal à le faire asseoir.

Et pourtant, c'est à partir de là que les choses ont dérapé.

César avait encore assez d'énergie pour s'en prendre à lui, le traiter de menteur, de traître. Lui cracher qu'il n'était pas son père, qu'il faisait ce qu'il voulait, que depuis le début ni lui, ni le flic ne le croyaient. Zébulon avait raison, ils n'étaient que des « F.C.P. ». Il irait tout seul, c'était son choix et merde, s'il le fallait, lui aussi il sauterait par la fenêtre et tant pis, de toute façon, il ne manquerait à personne.

Pierre a su rester stoïque. Il a laissé le gamin vider sa rage avant de s'écrouler en pleurs. Une partie de lui voulait faire un geste, l'autre s'y refusait.

Une grande impuissance l'a contraint à attendre, ne plus rien dire, être là, baisser la tête. Une immense tristesse aussi. César avait besoin d'aide, son regard perdu faisait écho à celui de Pierre, le poussait dans ses retranchements. Il ne se sentait aucune volonté ni assez d'amour en lui, pour tenter de sauver ce gamin.

Et pourtant, quand il a relevé la tête pour affronter le gamin, il a offert une cigarette à César et s'est entendu murmurer « d'accord ».

COLLISION
29 Décembre 2016

*« Le front aux vitres comme font
les veilleurs de chagrin,
je te cherche par-delà l'attente,
par-delà moi-même
et je ne sais plus tant je t'aime
lequel de nous deux est absent ».*
Paul Éluard

10 heures 30

Ils sont sur le départ. Exténués, impatients, fébriles. Certainement pas pour les mêmes raisons et pourtant leur hâte et leur but sont identiques : rentrer, se quitter, tourner la page. La nuit a été courte, ces cinq derniers jours, immensément longs. Isabelle a fini d'écrire son article à une heure du matin puis elle s'est couchée.

Quatre heures plus tard, « Sous X » la réveillait, mécontent. Ils ont passé deux heures de plus à corriger son texte, au bout desquelles il a sorti une clé 4G. Magie de la technologie, cinq minutes plus tard, elle appuyait sur la touche envoi. Une version *light* destinée à vampiriser le net avant de vendre la version intégrale au plus offrant.

Tout était dit. Leur mission achevée. Encore quatre petites heures de route et il la déposerait exactement à l'endroit où tout avait commencé.

Ils sont à un kilomètre de l'arrivée. Pour eux aussi la nuit a été courte.

César calmé, il a fallu convaincre Bastien. Lui rappeler qu'il avait dit « Carte blanche ». Lui demander s'il avait mieux sous la main. Lui promettre que si cette piste était foireuse, personne n'en saurait jamais rien.

N'avait-il pas fait l'impasse sur cette histoire d'Alpha et du môme ? Et si la journaliste était là, ce serait la cerise sur le gâteau.

Bastien avait fini par donner son feu vert pour un départ à l'aube. À 10h20, ils rentraient dans le village de Tréhorenteuc. À 10h22, un passant leur indiquait la maison du vieux Gédéon « *mais vous arrivez trop tard, on l'a enterré v'là trois jours maintenant, une belle cérémonie, y'avait même la télévision et ... ».*

À 10h30, ils stoppaient leur voiture devant une Mercedes dont on venait de claquer les deux portes avant.

D'emblée, le face-à-face s'impose. Chaque véhicule jaugeant l'autre, immobile, dans un silence rompu par le seul bruit des moteurs.

César, qui a dormi tout le trajet, s'est redressé au milieu de la banquette arrière et scrute fiévreusement le pare-brise. Toute son attention tend à le traverser, doublement, jusqu'à atteindre le visage de l'homme au volant, légèrement caché par le pare-soleil. Il y a comme un fil tendu entre les deux hommes, comme si l'énergie de leurs prunelles se matérialisait et hypnotisait tous ceux se trouvant sur sa trajectoire.

Un feu croisé de regards aimantés, liés par une alchimie muette et inévitable.

Bastien coupe alors le contact de sa voiture. Machinalement, comme si le bruit du moteur l'empêchait de voir et qu'il faille, pour mieux comprendre, faire taire tout mouvement.

« Sous X » le précède d'un quart de seconde.

Le silence traque le moindre souffle, le moindre bruissement de vent. La nature tout entière cesse de respirer, déconcerte les hommes, les animaux et même le soleil.

À l'horizon, bouché par un amoncellement de nuages, une ombre gigantesque vient d'éteindre le jour. Les couleurs ont disparu, happées par un rideau de gris sombre.

La température s'abaisse d'un coup dans les habitacles et le froid vient mordre les consciences.

C'est le déclic, l'impulsion sinusoïdale. Bastien et Pierre sortent de leur torpeur, échangent un regard quand, soudainement, une porte claque. Puis une seconde. Apparaissent alors César et le vieillard, marchant, face à face. Trop tard. À peine quelques mètres. Qui se resserrent et se rejoignent.

Et de nouveau, l'arrêt. Les Concertistes jaillissent de la voiture et se figent. Plus personne ne bouge. Le temps est suspendu, à l'écoute et même s'ils n'entendent pas ce qui se dit, une douleur intérieure les traverse et brise leur élan.

Aucune menace ni violence sous-jacente.

Aucun contact physique.

Juste des mots qui se murmurent.

Et durent, ce que dure un aveu.

César qui ploie devant eux, dont les épaules s'affaissent. Comme si un immense fardeau venait de lui être confié. L'homme qui d'un coup porte la main à son cœur, la bouche fendue d'une immense grimace en même temps qu'un cri effroyable se répercute. Et qu'un orage s'abat en un déluge de grêle.

La pluie est un beau présage

Les heures qui suivent et s'étendent aux derniers jours de décembre ne leur auront laissé que peu de répit. Il a fallu démêler la pelote, séparer la grande histoire de la petite, rendre à chacun son pouvoir et son dû.

La première urgence fut de tenter d'arracher César à sa prostration.

Son cri s'est achevé brutalement. Il est tombé à genoux, tétanisé, le teint hâve.

Lorsqu'en attendant les secours, Bastien a voulu le mettre en *position latérale de sécurité*, sa rigidité l'a effrayé. Il avait fini de choir, enroulé sur lui-même, à ce point enserré et replié que *position fœtale de sécurité* lui sembla être un terme plus approprié. Et très certainement salvateur.

Peu après, quand les pompiers sont intervenus, on aurait dit que plus rien de vivant n'émanerait jamais de lui, qu'il était devenu sourd au chaos du monde, reclus dans cet instant brisé qui semblait le figer pour l'éternité.

Plus tard, il avouera que la tragédie n'avait pas été d'apprendre que « Sous X » était son père mais d'entendre pour la première fois prononcer le nom de sa mère.

Le sourire d'une femme s'était alors imposé à lui. Un sourire comme il lui semblait en avoir contemplé un, une fois, il y a 18 ans. Un sourire d'une grande pureté et d'une tendresse exponentielle. Dans cet intervalle de secondes, il avait revécu un enlacement d'amour immense. Une fusion organique et spirituelle démentielle. Puis, trop vite, trop cruellement, la femme avait disparu. Plus rien. Un vertige. L'absence. Un abysse. Il était devenu creux, abandonné, vide de toute substance. De nouveau orphelin.

La seconde urgence concerna Bastien, son retour au « 36 », la version qu'il allait livrer à sa hiérarchie et qui serait donc celle donnée en pâture aux médias. Il fut gardé à la discrétion de l'enquête, la présence de Pierre et César.

La transcription de ce 29 décembre devait paraître la plus simple et la plus factuelle possible.

Il fut expliqué qu'une source anonyme avait alerté la police quant à la présence de la journaliste recherchée. C'est ainsi qu'elle avait pu appréhender Sous X et résoudre la dernière énigme de ce que le pays tout entier appelait désormais « L'erreur Dum-Dum ».

Sa confession publiée sur Internet, même en version light, profita largement à cette conclusion et occupa longtemps l'espace médiatique. Dans son mini manifeste, l'homme reconnaissait être l'unique responsable de l'attentat de la Prison de la Santé le 24 décembre dernier. Il expliquait avoir agi pour alerter la population et dénoncer que partout où justice n'était pas ou mal rendue, des hommes comme lui existaient. Il avait consacré sa vie à protéger les gens et venger les victimes. Il avouait ainsi avoir été, depuis trente-cinq ans, le commanditaire de quatre cent soixante-quatorze clients « heureux et réconfortés » dont il espérait qu'à sa mort, ils lui rendent hommage.

Ce qui, conjointement à la grâce Présidentielle de Jacqueline Sauvage et « aux attentats » de Noël, souleva des débats d'une ampleur nationale.

Dès lors, ce qui importa fut de définir la pertinence de publier l'intégralité de ses confessions.

Outre qu'elles étaient assorties de sordides détails sur le massacre de ses parents, elles dressaient la liste éponyme de ses meurtres, incluant outrageusement les services secrets français et autres *nervi* qui avaient eu recours à ses méthodes durant vingt ans de collaboration étroite et rémunérée.

Isabelle Brunier-Nathan fut soumise à un interrogatoire de plus de 12 heures au terme duquel elle fut obligée de restituer la version intégrale, classée désormais secret d'État et où on lui conseilla fortement de ne jamais en parler à quiconque. Ce qui s'avéra superflu.

En sortant du « 36 », elle se jeta dans la Seine, désespérée par la nébulosité du monde. Sa dernière pensée fut de se dire que la vie sur terre n'était pas ce que l'homme avait réussi de mieux et que tant qu'il n'aurait pas grandi, la punition serait sévère. En plein saut, elle remplaça le dernier mot par longue et invoqua son fils, Quentin. Le choc thermique lui donna tort. Elle mourut sur le coup.

Quant à la troisième urgence, elle ne concerna que les protagonistes soucieux de rendre, enfin, un dernier hommage à Lili et Bruce.

Bastien dut intervenir pour que leurs corps soient confiés à Zébulon. Il tenait à tout prendre en charge et, en concertation avec César, choisit la crémation qui les affranchirait de tout apesanteur et les rendrait poussière au jardin du souvenir.

L'enterrement fut célébré au Père-Lachaise, le 31 décembre à 11 heures, dans la plus stricte intimité. C'est-à-dire César, Pierre, Zébulon et toute sa clique. Dix personnes, tête nue, immobiles, sous un ciel pluvieux à souhait.

César y perçut un signe, eu égard à un proverbe malien que Bruce avait, en ses dernières heures, partagé avec lui.

« La pluie est un beau présage, cela signifie que les portes du paradis vont s'ouvrir devant toi ». Adage auquel il associa Lili, dans l'espoir qu'ils renaissent un jour de leurs cendres, ensemble et en des temps plus pacifiques. Seul le refuge du temps et de la terre avait encore pour César ce pouvoir d'absorber, de transformer et peut-être même de guérir. Après quoi, il fut décidé de déclarer ouverte la première tournée et d'achever 2016 jusqu'à l'oubli. Bastien demandera à Julie de les y rejoindre.

CONSTAT
Fait de reconnaître un état des choses

> *« Il faut se prêter aux autres
> et se donner à soi-même ».*
> Montaigne

La page est tournée.

Clore l'année 2016 fut un grand soulagement.

Les jours rallongent subrepticement, les soldes se profilent. La France retrouve ses couleurs nationales et un peu de cet entrain qui lui a manqué le dernier jour de l'année.

Le chaos a été ordonné, pris en charge. Seuls les réseaux sociaux continuent d'alimenter de confuses colères et de vains débats. Bientôt, l'élection présidentielle pourvoira à la polémique, promettant réformes et mesures drastiques.

Les plus optimistes parieront sur une ère nouvelle. 2017 s'annonçant dans un nouveau cycle, en chiffre 1, sous le signe du Coq.

The show must go on ou instinct de survie, d'une manière générale, il y aura pour tous, un avant, et un après, que le temps diluera pourtant sournoisement. L'oubli épongera le pus de la discorde, il faut bien croire et espérer pour continuer de faire semblant d'exister.

D'une manière plus singulière, des destins auront définitivement changé de trajectoire. La morsure des faits inscrits dans leur chair ou leur cœur, ils sont déjà en marche, à la rencontre d'un changement qui ne peut plus faire demi-tour. Parce qu'une fenêtre s'est ouverte sur eux, quelque part vivront en nous :

Py, Jean et Sasha pour les perspectives de bonheur qu'ils sont à présent capables de prendre et de donner.

Bruce et Lili dans la nostalgie d'une résilience avortée.

Hub que nous serons amenés à croiser chaque jour dans nos rues.

Georges en attente de rédemption, si ce n'est dans le souvenir de sa femme, au moins dans celui de sa fille, Sabrina.

Rénée dont on espérera qu'elle inscrive le pardon libérateur à sa toute nouvelle créativité.

Et enfin, Axelle et ses parents pour ce long chemin d'acceptation que les accidents de la vie nous enseignent. De façon souvent cruelle.

L'histoire gardera quelques secrets. Fruits du silence ou de la pudeur. Telle l'infirmière, Joëlle Collettes, qui préféra disparaître et refaire sa vie sous un ciel plus clément.

Julie hasardera une explication sommaire aux tragédies de cette fin d'année. Incriminant le non-dit que chacun porte en soi, qui couve et déborde inévitablement, au moment jugé le moins opportun.

Si la menace extérieure existe, la plus pernicieuse est celle qui nous ronge de l'intérieur. Arrive un jour où elle converge vers d'autres - l'écho étant une énergie non expérimentée - se heurte, s'amalgame, résonne et finit, au mieux, pour les uns, par imploser, au pire, pour les autres, par exploser. Tout, absolument tout n'est que blessure d'amour. Même, et surtout, dans le cœur du plus impitoyable des tyrans. Quand il y a incohérence, la vie s'en mêle ou s'emmêle.

Pour elle, il n'y avait rien d'irrationnel à ce que Noël soit un déclencheur. Que chaque personne ait prémédité son acte ce jour-là avait un sens. Tous cherchaient à ce que le monde entier ait les yeux braqués sur eux, au moins une fois. « Sous X » s'était aligné sur les heures de promenade. Guillaume Poupin sur l'heure de la soupe. Ernestine le Chapelier sur l'heure du goûter. Christian Sarde avait laissé le gaz faire son effet sans juger du temps que cela prendrait et surtout sans prévoir que l'une des bonbonnes exploserait parce que dans un couloir, un patient écervelé allumerait une cigarette. Si Christian Sarde avait choisi de tout faire sauter à 15 heures, c'était simplement parce qu'il fallait choisir un instant T. Quant au départ de feu à l'ESAT, ce n'était qu'un dramatique concours de circonstances qui avait fini de fourvoyer la France. Terrorisé et abattu depuis deux ans, il était normal que tout le monde ait fait l'amalgame avec un attentat terroriste.

Bastien louvoiera. Ce qu'il concevait de possible dans les paroles de Julie valait pour leur tragédie intime, pour les dingues du 24 décembre, il avait dans l'idée que la justice peinerait à trouver des solutions adéquates. Et à cet instant, il était à deux doigts de rendre son insigne et de rejoindre Pierre.

Lequel, pour toute réponse, sortira une clope de son paquet, et la tendra à Bastien en murmurant *pourquoi pas.*

Des jours qu'elle attendait, seule rescapée de toutes les autres. Il l'avait roulée le matin du 25 décembre quand ils s'étaient revus chez Betty.

Il savait à présent pourquoi.

Zébulon menacera Julie de l'envoyer faire un stage sur les îles Éparses. Histoire de geler son indulgence. *Trente à quarante-cinq jours dans une garnison militaire, à relever la météo devrait pouvoir te remettre les idées en place. Quand tu es barge, tu es barge. Point barre.*

César sourira, de cet air « soli-lunaire » dont l'avait qualifié « La Virgule » après qu'il fut sorti de l'hôpital. *Tu es sûr que tu vas bien ? Tu irradies de lumière. On dirait un lampion.*

Il gardera pour lui, encore un peu, ce que le privé venait enfin de lui avouer.

À savoir, qu'entre le dossier de l'ASE qu'il avait récupéré dans son dos et le nom de sa mère donné par Sous X, il avait une piste.

Et même une adresse.

Sa mère était vivante.

EPILOGUE

À peine deux mois plus tard, chacun des protagonistes phares, Pierre, Bastien, César et même Zébulon reprenait son chemin. Passé l'euphorie du dénouement, ils s'étaient vite désolidarisés. L'heure était au bilan personnel. La pilule difficile à avaler. Se revoir c'était se souvenir. Parler. Partager. Oser des mots là où les maux rencontraient encore une résistance.

Aucun n'était prêt.

Sans en mesurer les conséquences, la grande histoire avait creusé leurs failles, révélé des secrets, ouvert des portes, laissant libre cours aux fantômes de venir leur chatouiller l'âme et le cœur.

Quand une explosion se produit, l'instinct de survie prend la relève.

Action, réaction.

Parer à l'urgence, héros ou pas, est dans le contrat tacite de la vie. C'est la première strate. La plus visible. Qui ne dure que le temps de sauver sa peau. Ce à quoi ils avaient tous répondu, chacun à leur manière, de façon presque honorable.

La seconde strate et les suivantes se révélèrent bien plus pernicieuses. Tapies sous des alluvions de micro traumas et colmatées parfois par des décennies de déni, leurs défis ne se relèvent qu'à coup de marteau-piqueur.

Ainsi l'action consciente met-elle toujours plus de temps à émerger et comme chez nos amis herbivores, se fractionne en deux temps. D'abord une longe rumination pour en espérer ensuite une parfaite transformation-délivrance.

Dès lors, le chemin se révèle insidieux. Tourmenté. Et même geignard. Prompt à chercher dans la fuite de quoi prendre ses distances et continuer le combat. Pauvres humains que nous sommes ! À ce point démunis qu'il nous faut rompre totalement la digue avant de consentir à chercher un abri. L'escargot l'a bien compris qui ne s'en sépare jamais et chemine lentement mais sûrement par tous les temps.

Ainsi, dès la mi-janvier, Bastien avait offert une semaine de vacance à sa Julie. Il pensait confusément que la fusion des corps enfanterait un nouveau printemps. Rien n'avait besoin de se dire puisque tout était rentré dans l'ordre. L'alchimie retrouvée devait compenser les deuils.

Et pourtant.

Aussitôt installé dans leur confortable chalet, avec vue sur le Mont Blanc, une lassitude de vieillard en fin de vie leur était tombée dessus. Le contrecoup, avait assuré Julie le premier jour. Un vrai repos et tout rentrera dans l'ordre. Mais la somnolence du couple avait perduré. Ils passaient de longues heures devant la cheminée à siroter du vin, à se serrer l'un contre l'autre, à se regarder longuement puis à se prendre par la main sans jamais arriver à ce que leurs ébats ne trouvent un quelconque accomplissement. Au bout de cinq jours sur les sept escomptés, ils avaient décidé de rentrer, pétris de silence. Chacun dans son monde. À souhaiter que l'autre invente le miracle de leur réconciliation.

Non qu'ils soient en colères ou tristes mais plutôt dans une sorte d'abandon.

Le mal était fait, ils le savaient. Perdre Lana avait peut-être été une chance. Les « attentats » remettaient en perspective la pertinence même d'oser vouloir un enfant dans le monde actuel. Bastien était bien placé pour en connaitre tous les vices et les incertitudes, les dangers et l'absurde croyance de pouvoir y échapper.

Julie refaisait le chemin de sa propre lignée. Ses errances de fille unique. Le danger de reproduire ses propres manquements et sa saine folie de croire que la psychologie avait réponse à tout.

Ils étaient tenaillés par l'envie autant que la responsabilité de leur désir. Et ce ne fut que sur l'autoroute à hauteur du péage de Ris-Orangis qu'ils se risquèrent à lever l'omerta.

En stationnement sur une aire de repos, ils virent venir à eux un camping-car d'où sortit une famille de touristes italiens. Un couple et leurs trois enfants. Il ne fallut pas plus que le rire de ces trois derniers ponctué d'un regard bienveillant de leurs parents pour qu'ils se réfugient dans leur voiture et se mettent à pleurer.

Une fois encore.

Le reste du trajet libéra leur langage dans un ballet de doutes et de questionnements. Chacun livrant sa version du futur avec ou sans enfant. À leur arrivée rue Bel Air, ils n'avaient résolu aucune de leurs divergences mais ils étaient d'accord sur au moins un point : le sujet méritait d'être creusé. Encore. Tout de suite.

Là. Maintenant.

Chez eux.

Dans leur chambre…

Pour Pierre, la fuite dura plus longtemps. Aussitôt la nouvelle année passée, son agence reprit de l'activité. Impatient de fuir, il se jeta à corps perdu dans une filature pour le moins triviale. Une femme avait disparu dans les dédales d'un club échangiste. Son mari qui l'avait lui-même accompagnée en déduisait qu'elle avait profité de l'occasion pour se tirer et ainsi ne pas avoir à avouer qu'elle le trompait. C'était pitoyable, à la limite du sordide et pourtant, il avait cavalé trois semaines sans voir le jour, juste pour être sûr de ne pas avoir le temps de répondre aux sollicitations de Clara et César.

Ce dernier attendait de Pierre qu'il l'aide à retrouver sa mère.

Quand à Clara, elle aurait bien aimé le voir un weekend à la Maison de bois.

Heureusement que Bastien, lui, lui avait foutu la paix. L'affaire Dum-dum avait soulevé un lièvre de taille.

Comme pour Clara, César avait vu en lui un sauveur, peut-être un père, du moins un ami et Pierre avait reculé.

Sans qu'il le comprenne tout à fait, la promiscuité des ces deux êtres le tentait autant qu'elle l'effrayait. Il n'avait qu'un ami et c'était Bastien.

Il croyait s'en satisfaire. N'ayant aucune ambition de se créer une famille. Le monde pouvait s'en passer. Lui n'était là que pour réduire les failles. Certainement pas pour en créer d'autres Et dès lors qu'un sentiment naissait on pouvait être sûr que la béance suivrait.

Il ne voulait pas avoir à en débattre. Ni à se justifier et encore moins à s'en excuser. Il se connaissait trop pour savoir qu'il était trop tard. Il était formaté pour vivre seul. Un point c'est tout.

César lui était tombé sur le dos pendant l'enquête. Il ne pouvait nier que ce gamin l'avait ébranlé cependant ça s'arrêtait là. L'affaire bouclée, chacun poursuivait son chemin.

Il n'était pas taillé pour autre chose.

Clara comme César avaient trop de valises pour un nomade comme lui. Ils lui demandaient l'impossible ; un ancrage dont il ne se sentait pas capable.

S'il était capable de jeter des bouées, il ne voulait, en aucun cas, en être une.

Aussi avait-il coupé toute discussion avec Clara en ignorant ses messages et expédié César chez Zebulon. Le résultat fut à la hauteur de ses espérances. Clara ne l'avait plus relancé et César n'était pas réapparu.

Si les premiers temps il s'en trouva satisfait, au fil des semaines, la tendance s'inversa. Ces deux-là, à un an d'intervalle l'avait poussé dans ses retranchements. Il avait bien fait de fuir. Et pourtant. Quelque chose lui était restée fiché dans le ventre. Comme une interrogation non résolue. Qui insidieusement, en l'espace de deux mois, le mit carpette et le fit douter de ses agissements.

Pourquoi sauver des gens et les abandonner ensuite ?

Pourquoi cette incapacité à permettre que l'un d'eux entre dans son périmètre et veuille créer des liens ?

Pourquoi cette attirance et cette répulsion focalisées toujours sur les plus démunis ?

La réponse lui vint brutalement en recevant un sms de Zébulon le 7 février.

« César a disparu. Besoin d'aide ? Z ».

Aussitôt l'évidence le frappa de plein fouet. À l'instant où il s'apprêtait à répondre et à se mettre en chasse. Parce que ce sont eux qui le choisissent, eux qui demandent de l'aide. Parce qu'ils ont besoin de lui. Tout simplement. Et qu'en les laissant faire cela, lui-même ne s'autorise pas à demander. Ils mettent leur vie entre ses mains. Sans qu'il ait jamais rien demandé, voulu, pressenti. Le piège est là. Comme le chien qui se mord la queue.

Pierre les envie. Il aimerait lui aussi un jour pouvoir choisir. Demander de l'aide. Avoir besoin. Mais alors il ne serait plus dans le rôle du sauveur. Plutôt dans celui de la victime. Et les victimes sont pitoyables. Attachantes le temps d'un combat mais pitoyables.

Voilà profondément ce qu'il pensait de ses contemporains, lui, l'ex grand flic, le super détective privé. Incapable d'entrevoir autre chose que cette fatale dualité pour laquelle il avait choisi son camp et sacrifié ses besoins.

Aucun ego là-dedans. Juste une supercherie qui lui explosait à la gueule.

Choisir revenait à prendre un risque. L'unique fois où il avait osé le faire, Diana était morte. Ça n'avait rien de personnel. Une sale enquête. Et pourtant, c'était arrivé. En sauvant Clara, il avait cru le sujet clos et voilà que César le confrontait aux mêmes tourments. Jusqu'à quel point devrait-il encore payer ?

César lui offrit la réponse le 3 mars à 12h02 exactement. Le chemin qu'il parcourut fut sans conteste le plus exemplaire de tous.

Dès le 2 janvier, après que le Privé l'eut planté et renvoyé chez Zebulon, César admis cela comme un exil nécessaire.

Il se donna un mois pour réfléchir, digérer les événements, s'organiser.

Il ne lutta ni contre la colère ni contre la tristesse. Il courut beaucoup. Médita matin et soir. Dormi, sans en espérer aucun voyage.

Il déserta les bouches de métro, oublia sa mission.

Les derniers jours de l'année avaient été si denses et si violents qu'il lui fallait un sas.

Il se sentait épuisé, replié, en perte d'aura. Rien de bon ne pouvait advenir tant que son équilibre ne serait pas revenu.

Il rendit sa chambre de bonne et laissa à Zebulon et ses amis le soin de tout gérer.

Ce fut peut-être la seule lâcheté de son hiver.

Il pouvait affronter les révélations d'un père inconnu, le projet de bientôt rencontrer sa mère, l'abandon de Pierre, Bastien et même Betty mais retourner là où Bruce avait sauté était au dessus de ses forces.

Il avait à chaque fois une violente bouffée de haine et n'arrivait pas à trouver la parade qui nettoierait cette injustice.

Il subissait cela sans rien dire. Accélérant parfois sa course jusqu'à s'en couper le souffle.

Puis il rentrait fourbu, prenait de longues douches et se couchait.

Zebulon veillait. Ne demandait rien. Trop heureux au fond de lui que le gamin lui soit revenu.

Jusqu'au 1er février où il partit sans même laisser un mot.

Zébulon en conçut de l'inquiétude puis de la colère. Il attendit une semaine, certain que le gamin allait réapparaître avant de perdre patience et de se décider à alerter le Privé.

Au fond de lui il le tenait pour responsable et ne se privait pas de le dire. Son F.C.P. initial était passé de « Foutus Cons Pervers » à « Fou Con de Privé ».

Il avait remis en état son fief et était reparti de plus belle dans son alignement de bière. Le deuil de Bruce et Lili serait pour lui un long chemin de croix. Il ne les avait toujours pas remplacés et interdisait à quiconque de prononcer leur nom. La colère le dévorait chaque jour un peu plus sans qu'il puisse ou même veuille la combattre.

Quand le matin le trouvait à jeun, il s'en faisait le reproche, culpabilisant que ce soit là, la raison qui ait fait fuir le gosse. Il ne trouvait cependant pas la force de réagir. Il avait capitulé depuis trop longtemps pour concevoir un autre chemin de vie.

Contrairement à ses craintes, César n'avait pas fui. Ni pour ces raisons ni même tout court. Il était simplement parti chercher des réponses. C'était son chemin. À lui seul. Et il ne voulait ni qu'on lui interdise ni qu'on le mette en garde. Encore moins qu'on l'escorte. Ce qu'aurait certainement fait Zebulon en rameutant toute sa clique.

Dans ce premier mois de l'année, il avait lu tout ce qu'il y avait à lire de son père. Ce fameux « Sous X » dont personne n'avait dévoilé l'identité. Il sentait que cela cachait des choses pires encore que tout ce qu'on avait écrit.

Et pourtant cette vérité là, lui appartenait.

Il avait filé à l'aube du 1er février par un froid glacial. Emportant avec lui une brosse à dent, quelques fringues et sa volonté bien calée au fond de ses poches.

Direction : Tréhorenteuc.

Là où tout avait commencé.

À peine fut-il arrivé au village que le notaire vint à sa rencontre.

L'homme affichait un sourire triste et fatigué. Il reçut César dans son cabinet et s'entretint avec lui toute une heure, salutations comprises.

La mission que « Sous X » l'avait contraint à accepter pendant de longues années lui avait filé plus d'une sueur froide ; il allait enfin pouvoir se décharger de son fardeau.

Il avoua être soulagé que tout cela se finisse.

Malgré la sécheresse de ses propos, César le jugea comme un brave homme et écouta.

« Sous X » avait tout prévu. À sa manière.

Et le notaire n'eut rien d'autre à faire que lui tendre quatre enveloppes avec çà et là des commentaires censés faire le lien. Sur chacun, se trouvait le nom d'une saison et offrait peu d'informations que César ne connaisse déjà.

Dans la missive « Hiver » se trouvait les éléments clés de son enfance. Des dates, quelques photos et une coupure de journal. À l'image de ce que furent ses premières années : rudes, craquelées, endeuillées et cruelles.

Dans le second pli « Printemps » : son livret scolaire et ses bulletins de classe. Sa renaissance dans le monde des humains. Une unique photo au côté de Gédéon. Le mentor de son père et l'homme que César appelait le Doc. Ainsi donc, son père n'avait jamais été loin. Si près.

Dans la troisième enveloppe « Été », une photo de sa mère enceinte. Une seule inscription au dos « Février 1998 ». Soit 6 mois avant sa naissance.

Et enfin, dans le pli « Automne », un numéro de compte à l'étranger ainsi qu'un chiffre à six zéros avant la virgule.

César encaissa stoïque. Il n'apprendrait rien de plus ici. Tout avait été formaté, prémâché, calculé. Un legs à la hauteur de l'homme énigmatique et insaisissable qu'avait été « Sous X ». Il allait se lever, bien décidé à tourner les talons une fois pour toute sur son passé quand le notaire retint César, lui demandant d'attendre encore cinq minutes.

Cinq minutes pendant lesquelles César soupesa son héritage et se promit, puisqu'il était riche, de dépenser jusqu'au dernier centime de cet argent à retrouver sa mère. Dut-il pour cela payer mille fois le prix demandé et parcourir la planète entière.

Quand le notaire revint, il sursauta, conscient que partout sur son visage et dans son regard, sa détermination se teintait d'une agressivité refoulée.

L'homme ne sembla pas s'en apercevoir et lui tendit presque maladroit et étonné de son propre geste, le gros cartable noir à double rangement que la journaliste n'avait pu ouvrir.

Dans un murmure, ému, il ajouta :

\-   Quoi qu'il ait fait, maintenant, c'est enterré. Sauf cela. Pas encore. Je crois que c'est surtout pour ça que vous êtes venus. Prenez soin de vous mon garçon. Sur quoi il referma la porte

Quelques jours plus tard, il était aux USA. Au chevet de sa mère.

Laquelle mourut à l'instant même où Pierre le rejoignait. On était le 3 mars. Il était 12h02.

Et Pierre sut avec certitude, que cette fois-ci, il n'échapperait pas à la responsabilité qui venait de lui être confiée.

***

Et si, dorénavant,
nous écrivions à la place de
« Je suis Paris, Nice, Berlin,
Le Portugal, … »

« JE SUIS LE MONDE »

Remerciements

Juillet 2024. Je referme ce livre une énième fois. Enième correction et toujours le même coup au cœur. Tout à l'identique si ce n'est le 36, quai des orfèvres qui, lui, a déménagé.

Je ne sais pas si ce livre ressemble à un polar comme le groupe « Les Mordus de Thriller » en réclament (vous me soutiendrez quand même, hein ?), s'il ressemble à de la littérature blanche ou à quelque case existante dans le monde de l'édition, c'est pourquoi je vous remercie de soutenir chacun de mes mots avec autant de confiance.

L'écriture de ce roman n'aurait pas pu se faire sans le concours de certaines personnes qui m'ont ouvert leur portes et offert une résidence d'auteure capable de m'extraire de Paris assez longtemps pour libérer ma création en toute quiétude.

Je pense ici à Claude Bertrand au Hameau de la Plaisannière, à ma tribu d'Octeville et à ma Joe pour ces longues semaines d'apnée.

J'offre ma pleine gratitude à Cathelino pour les plans de Paris qui illustrent le roman. Sa promptitude à relever mes défis quand je lui demande de l'aide est tout simplement une bénédiction pour moi.

Merci mille fois encore aux réseaux sociaux, aux groupes de lectures, aux passionnés, fous furieux, qui encouragent et font vivre la nouvelle génération d'auteurs.

Écrire, travailler, courir les salons et faire la promotion de ses livres sur les réseaux est un « job » 24/24, puissance 1000. Je n'y serai pas arrivée sans toi ma tribu de cœur et d'âme. Toujours là, 30 ans après.

Aux amis sur le chemin et ils sont tellement nombreux que ma mémoire de poisson rouge risque l'oubli. Vous vous reconnaitrez dans l'une de ces phrases : Vous me faites rire, vous m'embrassez comme du bon pain, vous encouragez chacune de mes initiatives, vous avez lu tous mes livres, vous les acheter par douzaine et les offrez, vous « likez » mes « posts », commentez mes photos, m'offrez un coup à boire plus souvent qu'à mon tour, êtes présents sur les salons, critiquez positivement mes livres… et tellement et encore…

Merci, merci, merci…

Paris, le 16/07/2024

On se retrouve ici ou là…

Mon site :

https://www.louvernet.com

Ou sur FB :

https://www.facebook.com/RomanLouVernet

Et même par mail :

louvernet67@gmail.com